「あっ、あ、あっ……み、ミハエルっ……」
「うん……ふふ、ここも、ふわふわなんだね」
「そっ、そんなとこで遊ばないっ」

王子様は、にゃんこ姫に夢中すぎっ!

政略結婚のハズが甘いちゃ新婚生活でした。

永谷圓さくら

Illustrator
SHABON

ジュエル文庫

Contents

※本作品の内容はすべてフィクションです。
実在の人物・団体・事件などには一切関係ありません。

プロローグ　お互いメロメロばかっぷる？

「……な、悩み？　悩みがあるの？　ソフィア」

「……ええ」

カタリカタリと機織りの音が響く部屋で、ソフィアは幼馴染《おさななじ》みであり悪友であり侍女になってくれたアエロアと話をする。

機織りは複雑な模様でもない限り単調な作業で、話をするぐらいは不器用なソフィアでも問題はなかった。

「そんなに深刻な悩みじゃないわ」

他愛のない話の流れで相談したのだが、アエロアは青くなって機織りの手を止めてしまう。まじまじと見つめてくるから言いにくく、ソフィアは小さな溜め息を吐《つ》いた。

「深刻じゃないって……悩みは悩みでしょ？　言いにくいことなの？」

「そうねぇ……なんて言えばいいのかしら……」

仕方がないからソフィアも手を止め、眉間に皺《しわ》を寄せるアエロアに身体ごと視線を向ける。アエロアも姿勢を正しソフィアの方を向くから、機織りもせずに見つめ合う形になる。

本当に、そんな深刻な話ではない。ソフィアにとっては深刻な悩みだけど、きっと他の誰にもわかってもらえないだろう。

「……ここまで言っちゃったんだから、早く言いなさいよ」

急かしてくるアエロアに、ソフィアは苦笑しながら頷《うなず》いた。

でも、本当に言ってもいいのだろうか。口に出してしまったら、取り返しがつかないような気がする。止まらなくなって、止められなくなって、溢《あふ》れ出てしまうかもしれない。

それでも今、既《すで》に溢れそうだから、ソフィアはアエロアを見つめながら真剣に言った。

「……ミハエルが、可愛いの」

「…………は？」

「ミハエルがね、可愛いの。可愛いわよね？　アエロアも可愛いと思うでしょう？」

「……………………え？」

動きを止めて息すらしていないんじゃないかというぐらい真顔で硬直したアエロアに、ソフィアは心に秘めていた悩みを打ち明ける。

驚かせてしまっただろう。ソフィアにとっては深刻な悩みだけど、アエロアにはわかってもらえないかもしれない。

しかし、復活したアエロアは、真顔でソフィアに聞いてきた。

「……かわ、可愛い？　可愛いかなぁ？　ソフィアには可愛いの？」

「ええ。可愛いのよ。可愛く見えるの」

「高身長で、それなりに筋肉あって、真面目な好青年代表みたいなミハエルが？　移動する時はソフィアを抱っこで運ぶミハエルが？」

物凄く真面目に、ソフィアは深く頷く。機織り機に乗せていた手を膝の上に置き、真剣に本気で頷く。

「趣味は料理。掃除洗濯編み物までできて、街の荒くれ者達からも理想の城主と言われるぐらい畑仕事や水路の点検までして、この間はブランコまで作ってたミハエルが？」

こくりと、ソフィアが頷けば、アエロアはしょっぱい顔をした。

なんでそんな顔をするのだろうか。想像通りだったけど、可愛いと思わないのか。真面目で好青年代表みたいで精悍《せいかん》な顔つきをしているミハエルだが、仕草や雰囲気や言動が可愛らしい。

「可愛いの。ミハエルが可愛くて仕方がないの。可愛いじゃない」

「……ソフィアだけじゃないかなぁ？」

アエロアが呆《あき》れたように言うから、思わずソフィアはムキになってしまった。

どれだけミハエルが可愛いのか語ってしまう。ちょっとした仕草が可愛い。不意に出る雰囲気が可愛い。ぽろりと出る言動で可愛いと思うところを述べていたら、扉をノックされたのに気付けなかった。

「綺麗な笑顔のまま首を傾げたりすると凄い可愛いの。聖人君子って感じなのに、顔を赤くしてキスしてくれるのが可愛いの！」

「……大きな声を出しているから何かあったのかと思ったら、何を言っているの？」

必死に可愛さを語るソフィアの目の前に、マドレーヌとハーブティーを載せた盆を持つミハエルがいる。

たらりと、嫌な汗が背中を伝わるのがわかって、ソフィアは口を開けたまま固まった。

「ソフィアはミハエルが可愛くて仕方がないんだって」

「可愛いのはソフィアでしょう？　僕みたいなのは可愛いって言わないよ？」

拗《す》ねたように言うミハエルに、ソフィアは頭の中で警報が鳴るのを感じる。ミハエルは可愛いと言われるのが好きではない。照れ隠しなのか怒っているのかわからないけど、可愛いのはソフィアの方だと言って徹底的に可愛がってくる。

それで一度、酷《ひど》い目に遭った。ベッドの中で、容赦《ようしゃ》なく可愛がられた。可愛い可愛いと言いながら、無邪気《むじゃき》に純粋に真剣に可愛がってくるミハエルを思い出して、ソフィアは溜め息を吐く。

せっかくミハエルの可愛さを語れると思っていたのに。アエロアじゃ駄目か。他にミハエルの可愛らしさを聞いてくれる方はいないだろうか。

盆をテーブルに置いてソフィアを抱き上げ頰擦《ほおず》りしてくるミハエルに、夜の事情は考えないことにした。

第一章　王子様とがっかり政略結婚ですか？

世界は広く、一つではない。

そう、悲しそうに教えてくれたのは誰だっただろうか。

人の住む世界、獣の住む世界に、妖精の住む世界。魔の世界や、竜の世界などもあると、諭《さと》すように必死に教えてもらったのを覚えていた。

行こうと思えばどの世界にも行くことができる。

色々な言語に、色々な容姿。色々な価値観。

何が美しいのか。誰が醜《みにく》いのか。好ましいこと。汚らしいこと。穢《けが》らわしいこと。美《び》醜《しゅう》の価値も、それぞれの世界によって違う。

だけど、どこも同じだ。何も変わらない。

獣の国に生まれたソフィアは、己の容姿が周りを惑《まど》わし錯乱《さくらん》させることを知っていた。自惚《うぬぼ》れだと、嘲笑《あざわら》われているうちは幸せだった。自意識過剰だと、蔑《さげす》まれているうちが平和だったと今ならば思う。

何が、いけないのだろう。

ミルク色の肌は、柔らかそうで噛《か》み付きたくなると言われた。ふわふわとはねる白い髪は青空に浮かぶ雲のようで、千切《ちぎ》り取って落としたいと言われた。毛先が甘いピンク色なのがいけない。猫のような犬のような、三角形の薄い耳がいけない。揺れる尻尾《しっぽ》が、青く静かな瞳が、穢して暴きたくなると言われた。

「政略結婚させられるような家柄じゃないと思っていたけど……こうなるとは誰も思わないよねぇ」

「……そうねぇ」

ガタガタと馬車が揺れる。ソフィアを乗せて地獄へと向かう。地獄なんて見たことはないけど、ソフィアが向かう嫁ぎ先は地獄と言っていいだろう。

さっきから話しかけてくれるアエロアには悪いけど、ソフィアは生返事しかできそうになかった。

「まぁ、ソフィアは見合い結婚だとは思っていたけどね。男運ないというより、地にめり込む勢いだからねぇ」

「……そうねぇ」

どうして、こうなったのだろう。

少し大きな商家に生まれたソフィアは、割と大事に育てられたと思う。不自由はなかった。教育も充分に与えられた。

幼い頃は、可愛い可愛いと、どこに行くにも両親や兄弟に手を引かれた。獣の世界でも、血の濃い王族は、特徴のある耳や尻尾を隠すことができるので、ふわふわとした耳や尻尾を出しているソフィアが可愛かったのだろう。

パーティーや商談。果ては、宴会やお茶会まで、ソフィアの可愛らしさは噂になり一目見たいと連れ歩かれた。

周りの目が変わってきたのは、いつだっただろうか。

何度、攫《さら》われたのか覚えていない。

運が良いのか悪いのか、純潔《じゅんけつ》を散らされることはなかったけど、知らない男の手が怖くなる。いやらしい目が、下品な笑い声が、涎《よだれ》を垂らしそうな口元が気持ち悪い。

だんだんと、表情が消えていった。目に光がなくなった。一人でいることを好み、静かに過ごすことが増えた。

「ソフィアの両親も凄い気にしてたねぇ……私の両親はソフィアと行くのあっさり許してくれたのに、ソフィアの両親はジャンピング土下座の勢いだったよ」

「……そうねぇ」

「頑張るから、すぐだから、速攻でやるから、それまでお願いって……ソフィアの両親に何度も言われたんだけど、なんだろうねぇ？」

「……そうねぇ」

両親も気にしてくれた。兄姉も、使用人も、皆が気にしてくれた。だけど、どうにもできない。ソフィアは晴れやかに笑うことはできない。

申し訳ないと思うけど、そっとしておいて欲しいというのは我《わ》が侭《まま》だろうか。助けられ、慰められる。捕まり、触られ、攫われる。繰り返される日常に飽き飽きして、どうでもいいと諦《あきら》めてしまった。

「嫁ぎ先は、元は戦いの最前線だった城らしいねぇ」

「……らしいわねぇ」

「戦士や傭兵《ようへい》が住み着いた街らしいけど、結構いい街になったらしいねぇ」

「……そうみたいねぇ」

大事にされていた。それは間違いない。

大切にされていた。それも知っている。

それなりに大きな家に生まれたのだから、商家の利になる結婚をしなければならないというのもわかっていた。

これはずいぶんと破格の縁談らしい。人の世界にあるひとつの国の王から、直々に頼まれた縁談だと言われていた。

裕福な国にありがちな、大勢いる妃《きさき》のうちの一人が生んだ王子に嫁げ、と。

相手は第一王子でありながら、国境付近の城を守っているらしい。

戦いになれば前線となるその城は、見張りや偵察《ていさつ》にも使われた辺鄙《へんぴ》な場所にある。

また、嫌な噂もソフィアの耳に届いていた。

不義の子らしい。国王の子ではないらしい。

どうやら何番目かの妃は、人ではないモノの子を孕《はら》み、国王の子として産み落としたらしい。

厄介《やっかい》払いで最悪な土地に飛ばしたというのに、さらに平和に暮らしているのが憎らしいらしく、獣の国に縁談を持ちかけてきたらしい。

らしい、らしいで、本当のことはわからない。

でも、金も権力もある裕福な国は、ソフィアの商家に財をもたらすだろう。大きな取り引き先は重要で、口添えもしてもらえるとなれば、断る方がおかしい。

政略結婚としては、破格の部類だ。両親は嫌な顔をしたけど、利益の大きさを考えた方がいいと縁談を持ち込んできた使者に説得された。

断れば何をされるかわからないと言われれば、両親は泣きそうな顔で「どうしてソフィアばかりがこんな目に遭うのか」と抱き締めてくれた。

だから、今まで苦労をかけたぶん、ソフィアは悩むこともなく話を受けると言ったのだ。

「城主様が優秀らしいねぇ」

「……らしいわねぇ」

「……ソフィア。一応、アンタの夫になる人だよ？　ソフィアの両親も躍起《やっき》になって噂を調べてたっていうのに。これなら多分きっと大丈夫だと思うって言ってたよ？」

「……らしいわねぇ」

相手が誰だろうと、ソフィアには関係ない。家の為になるのなら、誰でもいい。

だって、同じだ。誰でも、同じだ。嫁ぎ、抱かれ、子を生《な》す。

一応、純潔を散らされていないが、ソフィアは自分の噂だって知っていた。

男を惑わす。傾国《けいこく》。淫《みだ》ら。嗜虐心《しぎゃくしん》を煽《あお》る。ソフィアを見るだけで男は狂い、身を落として化け物になる。

散らされていない筈《はず》の純潔だって、噂にかかればあっという間に散らされたことにされた。

淫乱。好色。卑猥《ひわい》で淫奔《いんぽん》。誰でも誘い、誰にでも抱かれる。性技に長《た》け、一度抱けば他のモノなど抱けなくなる。

そんな自分を選ぶぐらいだ。

どんな結婚なのか、ソフィアにだってわかっていた。

「ソフィアは男嫌いだもんねぇ。あんだけ誘拐されたら仕方ないと思うけどさ」

「アエロアは口が悪いわねぇ。でも、歯に衣を着せないところが好きよ」

従者は一人という約束で、ソフィアは幼馴染みであり友人であり悪友のアエロアにお願いした。

ソフィアとは違う、落ち着いたグレーの髪。白い肌は同じだけど、金色の瞳は知的に見える。実際に頭はいい。嫁いで家を出てしまう女なのに、アエロアの家は男以上の教育を受けさせていた。

アエロアはソフィアの使用人でも侍女でもなかった。でも状況を知って、アエロアは全てを捨ててソフィアの侍女になってくれた。

嫁ぐつもりはない。独りでも生きていける仕事を見つける。そうアエロアが言っていたのを、ソフィアは聞いている。

羨《うらや》ましかった。妬《ねた》ましかった。それ以上に、アエロアに憧れた。

男が寄ってきても、軽く冗談を交えて断る強さ。きっぱりと芯《しん》のある冷たい声は、どうやら男を怯《ひる》ませるらしい。凛《りん》とした姿は、男を簡単に寄せつけない気高さがあった。

アエロアはソフィアの過去も知っている。何が起きたのかも知っていて、ただ黙って傍にいてくれた。

慰めの言葉を吐かないのがいい。必死に機嫌を取ろうとしないのがいい。バッサリと切り捨てるみたいに事実を述べて、己の価値観で感じたことを吐露して、一緒にぼんやりしてくれるというのは助かった。

「……いい男だといいねぇ」

「……そうねぇ」

そう答えつつも本当はわかっている。この結婚がどんなものなのか。

きっと、恐ろしい目に遭うだろう。

慰みものになるぐらいならいい。嬲《なぶ》られても、身体が欠けなければいい。痛みも恐怖も、ソフィアには身近なものだった。

そんな状況になるのだから、アエロア以外は連れて行けない。

慰められたら惨《みじ》めになる。必死にご機嫌取りをされても状況は変わらない。
泣くなと言われるのも、笑えと言われるのもいい。
けれど可哀想だと言われて泣かれるのは、ソフィアには耐えられなかった。

戦いになれば最前線の地になると言われている国境は、隔離《かくり》されているのではないかと疑うぐらいに悪路だった。

山に入った途端、大きな道は途切れた。獣道のように見える道なき道を進む。馬車が通れるだけで感謝するほどだ。

補強されていない崖《がけ》の際を通る時には、これからの生活への恐怖心を、まるで煽《あお》られているようだった。

どれだけ、酷い場所なのだろうか。

けれど山を抜けて、ぼんやりと馬車の外を見れば、意外と明るく活気づいていてソフィアは首を傾げた。田畑も家畜もそれなりの数があり、水も引かれているせいか清潔《せいけつ》な感じもする。

でも、たどり着いた城は暗くて寒かった。

攻撃に耐えられるように造られた城は、壁は厚く窓は小さい。木ではなく、石で造られる城だからこそ、寒さが身に染みる。

寒いのは、嫌いだ。気が滅入る。太陽の明かりも少ない部屋では、身も心も安まらないし癒《いや》されないだろう。

「さむっっ!? 寒いねぇ、ここ」

「………アエロア」

城の大広間と思しき場所に通されたソフィアは寒さに震えたが、アエロアが大きな声を出したから震えが止まった。

アエロア以外は連れて行けないと思っていたけど、もしかして間違えただろうか。こんなふうに、わざと周りを煽るようなことを言う意味がわからない。

事実だけど大きな声で言うことではないと、アエロアを見て苦笑してしまった。

ああ、心配かけてしまったのか。そんなに酷い顔をしていたのだろうか。でも、大きな声で城を貶《けな》すようなことを言うのは、まずいだろう。

「……アエロア。私以外には、もうちょっと奥歯に衣着せてもいいのよ」

「今の言葉に衣を着せると、どうなるのかな？」

「……小さな声で言う、とか？」

そういえば、アエロアは口が悪い。歯に衣着せないというか、ズバズバと本音を隠さずに口に出す。空気を読まないというか。空気を読んで、空気を一撃で破壊する言葉を選ぶというか。

でも、アエロアに言わせれば、自分も同じらしい。実は、皆にも同じだと言われた。なんとなく納得がいかないが、毒舌コンビとか言われたこともあった。

「でも、寒いものは寒いよねぇ」

「……そうねぇ……私達、寒いの弱いからねぇ」

自分としては、言葉は飲み込むものだと思っている。

ソフィアが諦めて何もしなくなったのは、言葉が通じないからだ。何を言っても無駄だから、ただ大人しく喋《しゃべ》らないで逃げる機会を窺《うかが》うようになった。

そのせいで、無口だとか大人しいだとか言われているけど、喋るのが面倒なだけだと気付いている者は少ない。普段から話をしないから話し方を忘れて、たまに話をするとキツイとか毒舌だとか言われてしまう。

だから、どんな言葉も聞き流してくれるアエロアと一緒にいるのが楽なのだろう。

「じわじわと芯から冷える感じで寒いよねぇ」

「……アエロアったら、もう」

しかし、ソフィアはアエロアと違って、黙っている方がいいということを知っていた。

口を開いて、焚《た》き付けることになったら阿呆《あほ》くさい。声を出して怒らせ、殴《なぐ》られるのも馬鹿馬鹿しい。

自分と違って、アエロアは言葉で攻撃することが得意だ。のらりくらりとはぐらかし、目的を変えさせて止《とど》めを刺す。

でも、言葉で敵わないとわかれば、男たちは当たり前のように暴力に訴《うった》えてきた。

こんな結婚を受け入れる男が、まともな筈がない。自分だけならば殴られても蹴《け》られてもいいが、アエロアに危害を加えられるのは困る。

少し黙っていることを覚えてもらおうと、ソフィアが眉を寄せていれば周りが騒がしくなってきた。

ざわざわと、周りの使用人達が慌てて頭を下げる。

城主がいらっしゃったと、主が来たと、大広間の入口に視線が集まる。

「……ソフィアの旦那様かな？」

「……そうねぇ」

楽しそうにアエロアは言うが、ソフィアは心臓が締め付けられるような思いだった。

ドキドキするなんて可愛げのある感じではない。心臓が潰れるような圧迫感を覚えて、息をするのも辛くなる。

寒い。本当に、この城は寒い。

このまま凍えてしまいそうな気がして、ソフィアはゆっくりと深呼吸した。

実は夫になる男の顔を、ソフィアは知らない。写真も肖像画も見ることなく、この結婚は決まった。

訳ありの結婚にも程があるだろう。後ろ暗い感じを隠す気もないのか、清々しい程に大《おお》雑把《ざっぱ》な見合い話にソフィアの両親も驚いて、結婚しなくていいと言った。

だが破格の縁談だ。ソフィアが耐えれば、ソフィアの家は繁栄する。反対に断れば何をしてくるかわからないだろう。そういう見合い話だと、状況でわかってしまった。

それに、実際に、もう援助を受けているのだから帰ることなどできない。

今まで散々迷惑をかけた。何度も誘拐され、何度も襲われ、何度も男が家に押しかけてきた。

恩返しができるのなら、喜ばしいことだ。誰に嫁いでも同じならば、少しでも条件がいいところに嫁ぎたいと思っていた。

だけど、行ったこともないし見たこともないが、最悪な国なのだろう。

放蕩《ほうとう》な王。自堕落《じだらく》な王妃。何番目かの妾《めかけ》が生んだ不義の子だからと、こんな田舎の国境に飛ばされた第一王子。今まで築き上げた財産を食い潰すような王と王妃は、不義の子が幸せにしているのさえ許せないらしい。

可哀想だとは思う。哀れだと、運が悪かったと、そう思う。遠くから見るのならば、そんな感想を抱くだろうが、隣りに来るのならば話は違った。

誰だってわかる。そんな環境で育ったモノが、まともになる訳がない。

「ん～、アレは……ソフィア？　なんで下向いてるの？」

「…………」

肖像画すら出せない、歪《ゆが》みに歪んだ男。いや、歪まされた男と言うべきだろうか。目を見ればわかるなんて言うけど、性格は表情にも出る。

おぞましい恐怖で倒れないように気を張らなければと、ソフィアはゆっくりと視線を上げた。

「……さ、寒い？」

「…………そうねぇ」

バチっと、目が合う。大広間の入口に立つ男と、目が合う。第一印象は、肖像画が出せないような容姿ではない、だろうか。すわわわっと、他人の顔色が悪くなる瞬間というのを、ソフィアは初めて見た。

「そ、そんなに寒いかい!?　バルテニオス！」

「落ち着いて。ミハエル。まずは、挨拶《あいさつ》が先だろう！」

背が高い。近寄ってくるのは、背の高い大きな男の人だ。

ミハエルと呼ばれた男が、ソフィアの夫になる人だろう。

黒い髪は癖毛なのか、少しだけ毛先がはねている。今は困ったような顔をしているけど、金茶の瞳は普段ならば優しく見えるのか。身長は高く、ソフィアの頭一つ以上は高い気がする。

がっしりとした体軀。黒のジャケットとパンツに白のシャツのせいか細く見えるが、手首や胸板がしっかりしているから弱々しく見えなかった。

「どうしよう……薪《まき》を、薪を取ってこないと！」

「落ち着いてくれっ、ミハエル！」

バルテニオスと呼ばれた男は執事なのか使用人なのか兄弟なのか、ミハエルの肩をしきりに叩いている。長い金髪に青い瞳。ミハエルと同じように立派な体軀《たいく》をしている。

少し面倒かもしれないと、ソフィアは溜め息を吐いた。

二人共が長い手足に、しっかりとした筋肉を持っている。重くならない程度の筋肉は実用的で、逃げても追いつかれてしまうだろう。

隙を見て、隠れるしかないか。長い腕に摑《つか》まってしまえば、きっと逃げられない。あの身体ならば足も速いだろう。力もあるに違いないから、厄介な相手だと思った。

「ちょっと待っててね！　今から木を切ってくるから！」

「薪ならばある！　本当に落ち着いてくれ！　ミハエル！」

だけど、何か違う。そうじゃない。そうじゃないだろう。物凄く違うのに、なんとなく納得できない。

歪んだ環境で育ったミハエルは、物凄く素直で正直で真っ直ぐに見えた。あわあわと、本気で焦《あせ》っているのがわかる。右往左往というのはこういうことかと、手本のように慌てている。

おかしい。どうして、こんなにも子供みたいに素直なのだろうか。たかが、一言だ。アエロアとソフィアが寒いと言っただけで、どうしてそんなにも焦って慌てるのかと、顔を顰《しか》めたくなった。

演技なのだろうか。何か隠しているのだろうか。でも、どうして隠す必要があるのかわからない。

もっと、何か恐ろしいものがあるとか。もっと、おぞましい何かがあるとか。恐怖が恐怖を呼び込んで、曖昧《あいまい》で得体の知れない恐ろしさにソフィアは怯えた。

目の前のミハエルではなく、自分の想像にソフィアは青くなる。わからないから怖くて、知らないから恐ろしくて、今までと違うから不気味に感じる。

そんなことを考えながらソフィアが顔を顰めていると、アエロアが一歩前に進み出た。

「ご厚意はありがたいけど、そこまでしてくれなくても大丈夫だから。ね、ソフィア？」

「……あ、そう、ね。大丈夫よ」

「本当に平気かい？　獣の国に住むものは寒さに弱いと聞いていたから……」

「これでも、かなり暖かくしたつもりだったんだけどね」

アエロアの後ろに隠れるように一歩下がったのに、ミハエルが一歩前に出てくる。近寄らないで欲しい。得体の知れない恐怖を感じたソフィアが顔を顰めれば、ミハエルは少しだけ眉を下げた。

なんで悲しそうな顔をするのか。それは自分がする顔じゃないのか。まるで自分が苛《いじ》めているみたいで気分が悪い。

今までのように、苛立《いらだ》ちや怒りを前面に出すとか、怯えた顔を見て悦《えつ》に入るだとか、そういう穢らわしい感じがしないのが怖い。

「……ミハエルと言う。君の到着を心待ちにしていたよ」

そう思っていると、ミハエルは苦笑しながら、ソフィアの前に跪《ひざまず》いた。

ふわりと、ミハエルが笑う。邪気のない笑顔を向けられ、ソフィアは喉が詰まった。しみじみと言わないで欲しい。本当に心待ちにしていたんだとわかるから、心苦しくなってくる。

「ソフィア、です……」

「うん。可愛い名前と同じで、本当に可愛らしいね」

ミハエルの無垢《むく》な笑顔に、ソフィアは目眩《めまい》を起こしそうになった。

なんだろう。眩《まぶ》しい。目が眩《くら》むぐらいに眩しくて、目の前にいる男が本当に男なのかも判断できそうにない。

あまりにも違う。今までと、違う。違い過ぎて混乱する。

「ふわふわの白い髪に……毛先がピンクなんだね。凄い可愛い」

「…………ありがとう」

「この耳は、獣の世界だと普通なのかい？」

「…………高貴な血筋だと、耳と尻尾は隠せるのだけど」

「勿体《もったい》ないよね！　凄い可愛いのに！」

なんでもない会話をしていれば、ミハエルの笑顔はさらに輝いた。

ああ、コレは、確かに違う。

道端の花を見る時と同じ。河原で見付けた綺麗な石に微笑むような、美しい景色に心が奪われるような、手を出さずに見ているだけの顔をしている。

そんな笑顔のままのミハエルを見ていると、なんだかもやもやするからソフィアは眉を寄せた。

「青い瞳も宝石のようだね」

「……そうね……よく言われるわ……」

苛々する。肩の力が抜ける。今までの男とあまりに違うから、安心していいのか裏があるのか疑えばいいのか叫べばいいのかわからない。

想像していた男と違うから、ソフィアは無意識に耳を動かした。

ぴくりと跳ねて、へたりと耳が寝る。意識していなかったが、ミハエルの視線が頭の上に注がれるから耳を動かしていたと気付く。

初めて、おずおずとミハエルの手が伸ばされた。

「…………」

「…………」

膝を突いていたミハエルが、ゆっくりと立ち上がる。伸ばされる手に、中腰のままの姿勢。そんなに恐る恐る触らなくてもいいと思うが、思わずミハエルの緊張が移ってしまった。

おっかなびっくりという言葉が、これほど似合うものもない。そわそわと視線は揺れて、ゆらゆらと手も揺れる。

無理矢理触られることには慣れているのに、ソフィアは息を止めるようにして硬直した。

撫《な》でられるのは、慣れている。好きか嫌いかと聞かれたら、嫌いだと言うだろう。できるだけ触られないようにと逃げるぐらいは、嫌いだと言える。でも、ミハエルはソフィアの夫になる男だ。ソフィアを好きにする権利がある。

しかし、じりじりとした緊張は、アエロアの声で消された。

「……ぶふっっ！　ソフィアのそんな顔、初めて見たっ」

膝を叩いて痙攣《けいれん》するように笑うアエロアに、緊張や張り詰めた空気さえどこかに消えていく。

そんなに笑わなくてもいいじゃないかと思うけど、確かに初めてするような顔かもしれないとソフィアは納得した。

いやらしい目と共に、手を伸ばされたことはある。飢《う》えに歪んだ口と共に、触れられたことならばある。

だけど、こんなに恐る恐る怯えた感じで手を伸ばされたのは初めてで、ソフィアは大きな溜め息を吐いた。

「え!?　あっ!?　ご、ごめんね！　その、耳が、へたって、そのっ！」

「……触りたいなら、触る？」

「いや、でも……触られるの、嫌じゃない？」

「……痛くしないなら、別に構わないわ」

どうしていいかわからない。こんな男は初めてで、どう対処していいのかわからない。
ソフィアは溜め息と一緒に、そっと頭を差し出した。

第二章　お嫁さんが可愛くてたまらない!?

青空に舞う、色取り取りの花弁《はなびら》。堅牢《けんろう》な城の門は開かれ、多くはない民が代わる代わるに押し寄せてくる。あまり大きくはない城の中庭で、皆が思い思いに騒いでいた。

ソフィアは商家の生まれだが、城には何度も行ったことがある。それこそ、王宮があるような城にも行ったから、この城が小さいのはわかっている。

でも、こんなにも民が喜び騒いでいるのは初めて見た。そこかしこで乾杯の声がかかり、城主の結婚を祝っていた。

「おめでとうございます！　ミハエル様！」

「可愛らしい花嫁で羨ましい！」

誰もがミハエルを褒《ほ》め称える。頼もしい城主。勤勉な主。あれだけ酷い目に遭っていたのに、真っ直ぐ素直に育った優しい王子。

聞こえてくる声を繋ぎ合わせて言われた言葉を足せば、ミハエルがどういった経由でここに来たのかソフィアにもわかった。

らしい。かもしれない。そんな噂は本当だった。

人の世界の中では、大きくもなく小さくもない国。人の世界を統べるほどではなく、片隅に埋もれてしまうほど狭い国でもない。そんな人の世界にある一つの国にミハエルは生まれた。

権力者らしい国王に、美しく派手な王妃。国王はハーレムを持ち、王妃はパーティーに明け暮れる。制圧した国の美姫を攫っては妾《めかけ》に据え、屈強な戦士は奴隷《どれい》という名を与えられ王妃に傅《かしず》く。

国王と四番目の妾との間に生まれたミハエルは、その国の第一王子になる筈だったが、国王の子ではないと気付かれ城から追放された。

国の外れにある小さな街は、元々は国境を見張る為のもので、傷付いた戦士や傭兵達が作り上げた街でもある。今でこそ戦いは落ち着いて平和になっているが、多くの血が流れた戦場であり、また戦いとなれば最前線になる場所だ。

荒くれ者の街を何も知らない王子が統べるとなれば、誰もが快く思わないだろう。しかも、従者をゾロゾロと連れて来ているのだから、国王の暴虐《ぼうぎゃく》を知っている戦士や傭兵達は嫌悪するに違いない。きっと、それを狙っていたのだろう。

しかし、ミハエルはそれでも良き城主となるべく奔走《ほんそう》したらしい。

何も知らないながらも、一緒に痩《や》せた土地を耕《たがや》し、水を引き奮闘した。幾つもの文献を調べて、街を作り上げていった。従者達もミハエルを立てて支え、街の者達にも真摯《しんし》に接してくれた。

そんなミハエルに、元戦士や元傭兵が心を寄せるのは当然だった。

小さな街。痩せた土地。辺鄙な場所。戦いが始まれば前線となる危険な城だが、最近活気づいてきたと噂になった。なかなかに良い街で、行くならばあの街だと。そして城主が良い統治をしていると噂された。

だが、そんな噂が国王の耳に届けばどうなるだろうか。ミハエルに自分との縁談の話がいったのは、国王の嫌がらせだったのかもしれない。

ミハエルの立場を考えれば、この地に送られたのは厄介払いというよりは、不義の子への制裁か流刑のようなものだろう。さらに獣の世界と縁談をさせられたと聞いて使用人達のみならず街の者ですら眉を顰《ひそ》めたらしい。

獣の世界の女性を軽視しているのではない。しかし人の世界から見れば異形《いぎょう》となる女性なのだから警戒《けいかい》していた。

でも、実際にやって来たのは可愛らしい女性で、ミハエルの噂を聞いていた街の皆は安心した。王都での生活を知っているミハエルの従者達も安心したようだ。

「ソフィアちゃん。大丈夫？　寒くないかな？」

「……ミハエル様は心配性ねぇ。このぐらいなら大丈夫よ」

そっと、ミハエルに凭《もた》れかかったソフィアは、周りに可愛らしく思われる笑みを浮かべた。

花嫁衣装は豪華ではないが、清楚《せいそ》に見える。白のドレスは首元すら隠し、長い袖は裾の方でひらりと広がり指先しか見えない。頭には白のレースに、色取り取りの生花をちりばめたヴェール。たっぷりと膨らんでいるスカートは床に広がる程に長かった。

人と変わらないというのは、褒め言葉ではないのかもしれない。それでも、今のソフィアには僥倖《ぎょうこう》だろう。

だって、この結婚は失敗できないものだった。

ミハエルに結婚を拒《こば》む権利がないように、ソフィアにだって結婚を拒む権利はない。今まで育ててくれた両親や親族の為、この結婚は成功させないといけない。

「まるで人形のように可愛らしい花嫁だな！」

何十人も入れない小さな教会で誓いを交わし、国境の城らしく複雑な造りの中庭でソフィアは民から賛辞を受けた。

はっきり言えば、飽《あ》きている。アエロアはバルテニオスと一緒にパーティーの給仕に忙しいのか、ソフィアの傍にすら来てくれない。城の使用人達もちらほら見えるが、皆が忙しく歩き回っていた。

冷たい風に、酒の匂い。戦いになれば最前線となる城は高台にあって、景色だけは見事だと思う。

「……ありがとうございます。ミハエル様、褒められてしまいました」

「ソフィアちゃんは可愛いからね！」

「……ミハエル様はカッコイイですよねぇ」

飽き飽きしているが、小さな頃に散々パーティーや茶会に連れ回されたソフィアは外面は良かった。

甘えるように、ミハエルの腕に自分の腕を絡める。寄りかかるみたいに近寄って、街の皆の祝福を受ける。

ここで、この結婚は駄目だったと思われて、良いことなど何もないだろう。

街の者達はミハエルを良い城主だと尊敬している。早い話が、ミハエルの味方だ。結婚相手であるソフィアは、ミハエルに釣り合うのかと値踏みされていると同じだった。

確かに、ミハエルは悪い人ではない。ただ、ソフィアの知っている男とは何か違う。違う世界との混血だからだろうか。噂のような境遇《きょうぐう》で、ここまで素直に生きられるものなのだろうか。

しかし、一見、ミハエルは人に見えるから、ソフィアは首を傾げた。

一体、どこを見て、不義の子だとわかったのだろうか。獣の世界では珍しくないが、獣の耳や尻尾もない。竜の世界や妖精の世界だと背に羽があることもあるらしいが、そういったものも見当たらない。

「えっと、何かついているかな？」

「……ふふ、カッコイイなぁって、見惚《みと》れてました」

「ソフィアちゃんの方が可愛いからね！」

少しだけ頬を赤く染めたミハエルに、ソフィアは心の中だけで溜め息を吐いた。

この男は、ちゃんと生きていけるのだろうか。誰かに騙《だま》されて身包《みぐる》み剝《は》がされて放り出されそうで怖い。変な壺を押し売りされたり、偽物の何かを買わされたり、騙されていることにも気付かなそうで恐ろしい。

頭が弱い訳ではないだろう。城主として尊敬されているのだから、本当に純粋で素直で疑わないだけなのかと心の中で舌打ちした。

どうしよう。今まで見たこともない男だ。存在していることを認めたくないというか、想像すらしなかったような男だ。

どうしていいかわからなくて、どう反応すれば正解なのかもわからない。

「でも、本当に寒くないかい？」

「……え？　あ、大丈夫よ。心配性ねぇ」

兎《と》にも角《かく》にも、本当に意味がわからない男だと思っていた。

心配性というか過保護というか、気味が悪い程に優しい。昨夜だってそうだ。挨拶の時にアエロアが寒いと言ったせいで、凄く良くしてくれた。

この城は、暗くて寒い。

攻撃に耐えられるように造られた城は、壁は厚く窓は小さい。木ではなく、石で造られた城だからこそ、寒さが身に染みる。

寒いのは、嫌いだ。気が滅入る。太陽の明かりも少ない部屋では、身も心も安まらないし癒されないだろう。

だけど、アエロアと共に通された部屋は、随分《ずいぶん》と印象が違った。

暖炉《だんろ》には火が入っていて、毛足の長い絨毯《じゅうたん》が敷かれている。ベッドには布団や毛布が積まれていて、暖炉の前に置かれているソファにはブランケットが置いてあった。

小さな部屋だと思ったが、通されたのはアエロアの部屋らしい。

まだ夫婦の部屋の準備が整っていないからと、申し訳なさそうに言われた。急に決められた縁談で、何の支援もない結婚だと言葉を濁《にご》してもいた。

それ以上はミハエルも語らなかったが、周りの声を聞けばわかる。ひそひそと囁《ささや》かれる声に、隠し事など何もできないと苦笑するしかないだろう。

王国付きの司祭を寄越すこともなく決められた結婚に青くなり、街の小さな教会にいる神父に頼んだら腰を抜かしたと笑っているのを聞いた。

神父と司祭は同じだけど、厳密に言うと自分は神父じゃなくて、司祭は主教と言って、難しいことを言っても仕方がないから神父で通している。そんなよくわからない言い訳をしていたと笑っていたが、笑い事ではないだろう。

国の第一王子の結婚だ。王国付きの司祭すら派遣されないのだから、どれだけ祝福されていないのかわかってしまった。

別に、結婚式に夢などない。綺麗なドレスも、どうでもいい。お付きとして連れて来たのがアエロアでなければ騒いだだろうが、二人共そういうことはどうでも良かった。

今、着ているドレスも、ソフィアが持ち込んだドレスだ。ヴェールはミハエルが花嫁にと渡してくれた物だが、これを用意できただけでも凄いと思う。結婚式だってしなくてもいいぐらいなのに、こうやって歓迎してくれることが気持ち悪かった。

「昨日も寒くなかったかい？」

「……もう、ミハエル様は心配のしすぎですって」

そう。気持ちが悪い。今までと違い過ぎて、何か大きな落とし穴があるのではないかと不安になった。

嫌がらせのような縁談なのに、城の使用人達は豪勢な料理と酒を用意する。ミハエルの味方である街の民も、ソフィアを褒めて喜んでいる。小さな教会には生花を散らし、通路かと思えるような中庭にテーブルを置いて料理と酒を振る舞う。

代わる代わる挨拶に来る民は、ほっとした顔をして賛辞を述べた。使用人達はアエロアの口の悪さに負けずに、良い嫁が来たと喜んでいた。

「でもね、昨日は暖かいぐらいだったんだよ。なのに、寒く感じるのなら、もっと暖かくした方がいいんじゃないかな？」

「……そう言われても……何かを羽織るのも、ちょっと」

ミハエルが悪いのではない。誰でも同じだろう。ソフィアにとって、男という生き物は一つだった。

おぞましい。浅ましい。いやらしい。嫌悪感しか湧かない。

何度も言われた。お前が悪い。お前の目が惑わす。お前の身体が。お前の存在が。お前が悪い。

恐怖を感じていた時期はとっくに過ぎた。次いで来たのは呆れだった。純潔を散らされる前に助けられていたから、余計にそう思うのかもしれない。ソフィアを犯すよりも、嬲り辱《はずかし》め弄《もてあそ》ぶことを目的としていた男が多かったせいで、気付けば純潔を失うことなく逃げることができていた。

散らされる恐怖を感じていたら、何か変わったのだろうか。それとも、いっそ、慣れてしまえば違うのだろうか。

痛みは慣れた。気持ち悪さは飲み込む。吐き気と一緒に息をすれば、反応のない身体に相手は怯む。

男なんて皆同じなのだから、結婚相手は誰でもいい。

今回の縁談に頷いたのも、家にとって利益が大きいと思ったからだ。

「すぐに、ブーツも作るよ」

「そう……………え？」

ミハエルが、今までの男と違うのはわかっている。わかりたくないけど、わかってしまう。そんな男が存在するなんて知らなかったから、戸惑いが大きい。

昨夜だって、そうだ。王国からの支援がないから結婚式の準備だって忙しいだろうに、ちょこちょこと部屋に来ては、何かと世話を焼いてくれた。

アエロアと一緒に震えていれば、暖炉に薪を入れてくれる。誰かに呼ばれて部屋を出て行き、また戻って来ては毛布を追加していく。

ソフィアの前にいる時間は短かった。それでも、ホットミルクを用意してくれたり、薪は足りているかと心配してくれた。ただソフィアを心配しては、誰かに呼ばれて部屋を出て行った。

何か裏があるんじゃないかって思うぐらい気持ち悪いほど優しい男だねぇと、アエロアは笑いながら言う。

まったくもって、その通りだ。

アエロアならばわかってくれるだろう。今までの自分の人生を、今まで自分に関わってきた男を、知っているから笑ってくれる。

他の誰かじゃ駄目だ。アエロアぐらい歯に衣着せない不遜《ふそん》で不躾《ぶしつけ》な友人じゃなければ、同行させられない結婚生活だと思っていた。

「……つ、作る？　作るの？　ブーツを？」

「木と布と革を使ってね。暖かいブーツにしようね」

でも、違うにしても程があるだろう。

ミハエルの言葉に、ソフィアは首を傾げた。

作る。作るとは、なんだっけ。ブーツというのは、買ってくる物だろう。商家に生まれたソフィアは、自分で物を作って、商品の流通を邪魔してはいけないと思う。

むしろ、人の世界のそれなりに大きな国の第一王子が、ブーツを作れるというのはおかしいと首を捻《ひね》った。

「その、ヴェールのようなレース編みは得意なんだけど、革の加工はあまり上手くなくて、ちょっと不格好になっちゃうんだけど」

「…………は？」

ゆっくりと、不自然にならないように、ヴェールを抓《つま》んで目の前に持ってくる。

綺麗だ。凄く、綺麗に編んである。複雑な模様は、きっとソフィアには無理だろう。もしかしなくても、アエロアだって編めない。

「……こ、これ？　貴方が、編んだの？」

「うん。炊事も洗濯も掃除もできるよ」

ちょっと本気でどうしていいかわからなくなってきた。

どうしよう。自分の想像が、実は物凄く貧相でお粗末で駄目だったことを知る。当たり前の日常が壊れていくのを感じて、ソフィアは思わずアエロアを探した。

確か、さっきバルテニオスと一緒にワインのグラスを運んでいたような気がする。大勢の人が騒いでいるパーティーだから、同じ場所にはいないだろう。どうして近くにいないのかと、ソフィアは何故か八つ当たり気味で眉尻を下げた。

だって、おかしいだろう。どうして、人の世界の第一王子が、炊事洗濯掃除ができるのだろうか。使用人の仕事なのだから、第一王子が仕事を奪っちゃ駄目だろう。

きっと、アエロアならば、自分の心をズバっと代弁してくれる。きっとミハエルにズバっと言ってから、ソフィアにもズバっと言ってくれる。ミハエルには「炊事洗濯掃除ができるなんて凄いけど第一王子が炊事洗濯掃除しちゃ駄目だ」と言い、ソフィアには「そういう男もいるんだから現実を見ろ」と言ってくれるだろう。

「ここは、人の世界の中でも寒い場所だからね。獣の世界にいたソフィアちゃんには辛いんじゃないかな？」

「……え？　あ、ああ、そうね」

いっそ、夢であって欲しいと、ソフィアはミハエルを見つめた。

優しい笑みを浮かべているけど、紛れもなく男だ。今までソフィアを捕らえ摑み組み敷いてきた男と同じだ。

ゆっくりと、ミハエルの手が持ち上がる。自分に向かってきそうな手に、ソフィアが無意識に身を竦《すく》ませると、目の前で手がぴたりと止まる。

大きな手。節の目立つ男の手。

その手を見ていれば、殊更《ことさら》ゆっくりと優しくヴェールを直してくれた。

「今は、獣の世界の食べ物も作れるように練習しているんだ」

「………そ、そう」

「ソフィアちゃんは、何が好き?」

「……好き嫌いは、別に、ない、かな」

「甘い物とか辛い物とか……そういうのは?」

好きな物を作ってあげたい、と。優しく優しく甘やかすみたいに言われて、ソフィアは息を呑む。ぞわりと背筋に何かが這《は》う感覚は、初めてでどうしていいのかわからなかった。

怖い。いや、怖いというか、得体が知れないというか、何か、おかしい。

挨拶に来た民に声をかけられ、ミハエルはソフィアから目を離す。ほっと安堵の息を吐いて、完璧《かんぺき》な笑みを張り付けた。

にこにこ可愛らしく見える笑みを浮かべ、ソフィアは心の中でアエロアを呼ぶ。

どうしよう。アエロア。異次元に来ちゃったのかもしれない。もしかしたら異世界かもしれない。ここは、おかしい。この人は男の人だと思うのだけど、もしかしたら違うかもしれない。

そんな心の叫びが届いたのか、アエロアの間延びした声が聞こえてきた。

「ソフィア。何か飲む?」

ワゴンを押しながらソフィアに近付いてくるアエロアの背中に、天使の羽が見えるような気さえする。すんごい人だよねぇ~とか、のんびり言うアエロアに安心して倒れそうになる。

「…………アエロア」

「ホットレモネードとホットチョコレートとホットミルクがあるけど?」

「……ホットチョコレート」

「わかった。ホットチョコレートねぇ」

ワゴンにあるグラスを取るアエロアの袖を摑んで、ソフィアはこれ以上ないほど真剣な顔をした。

それは、もう、真剣だ。マジだ。こんなに真面目になったのは、いつ以来だろうか。

でも、仕方がない。異次元だ。異世界だ。ソフィアの知らない世界だ。

「ま、待って……」

「……ブランデー入れるなら、城の中に行かないと駄目だけど……一緒に来る?」

「……ええ」

主役であるソフィアが城の中に引っ込むのはまずいとわかっていても、少しだけ現実を整理したかった。

想像と違うなんて、よくある話だ。でも、常識というか当たり前というか、世間一般的に当然だと思っていたことが違うと混乱してしまう。

城主の結婚を祝いに来てくれた民から離れて、それでも聞こえないような小さな声でアエロアに告げた。

「……あの男、おかしくない？」

「……どんな風に？」

「……優しいの」

「…………………」

しょっぱい顔をして黙り込んでしまったアエロアに、ソフィアは顔を顰める。

なんだ。その顔は。誰とも知らない男から求婚され、プレゼントだと渡された宝石をあげた時よりも、しょっぱい顔をしている。攫われた場所から自力で帰って来て、ぼろぼろの状態だったがアエロアの家に直行して、泊まっていたことにしてくれと言った時よりも、しょっぱい顔だ。

「……だから？」

「おかしいでしょう？　優しすぎるのよ」

しょっぱい顔のアエロアと一緒に城の中に入って、酒の瓶《びん》が並ぶ棚の前に立つ。ここまで来て初めて、アエロアがワゴンを置いてホットチョコレートの入ったグラスだけを持ってきていたと気付いた。

余程、混乱していたのだろう。でも、仕方がない。本当に仕方がない。だって、当たり前の混乱だろう。誰もが混乱するに決まっている。

「……アンタの男運が最低最悪、地面にめり込む勢いだってのはわかってるけど、優しいならいいじゃない」

しょっぱい顔のまま、アエロアがホットチョコレートにウイスキーを入れた。

どぼどぼと、容赦なくウイスキーを注いでいる。これではホットチョコレートではなく、ホットウイスキーチョコ風味になりそうだと、しょっぱい顔をしているアエロアを睨み付けた。

だって、そこまで呆れなくてもいいじゃないか。しょっぱい顔が、苦じょっぱい何かを食べたような顔になって、しょっぱ酸っぱい何かを食べたような顔になっている。

ソフィアの今までを知っているのなら、この得体の知れない違和感を共有できると思っていたのに、アエロアの顔はしょっぱいままだった。

どうしてわかってくれないのだろうか。ソフィアは、男に下心なしで優しくされたことはない。

まだ、小さな頃、本当に幼い頃なら父や兄が優しくしてくれた。だけど、何度も攫われ、何度も男に悪戯《いたずら》されるうちに、だんだんと父も兄もソフィアを見なくなった。

最近では、手紙のやり取りになっている。同じ家に住んでいるのに、母や姉や妹が配達する手紙で会話をする始末だ。父も兄も『男がトラウマになっているみたいだから姿を見せない方がいいと思って』と言っているらしいが、同じ家に住んでいるのに手紙のやり取りで会話するぐらい避けられていた。

きっと、男達が言うように、自分が悪いのだろう。何が悪いのかわからないけど、容姿が悪いのだと思う。そういうものだと思えば諦めもつくし、仕方がないと割り切ることもできる。

だから、いきなり違うことをされると困ってしまう。

「……気持ち悪いじゃない」

「優しいのが!?」

「……そう。優しいと、気持ち悪い」

しょっぱいどころか物凄い顔をするアエロアに、ソフィアは溜め息を吐いた。

優しくされたいなんて、思ったこともない。優しい方がいいなんて、考えたこともない。

ただ優しくされるだけなんて、有り得ないことだと思っていた。

「ソフィア。それ、おかしいから」

「え？」

「優しいのが気持ち悪いとか、そっちのが気持ち悪い」

「そ、そうかなぁ」

でも、今までを知っているアエロアまでそう言うのなら、やはりソフィアの常識は一般的ではないのだろう。

なんとなく納得できないが、そういうこともあると諦めればいいのか。この結婚は、家に充分な利益をもたらす。今まで迷惑をかけていたのだから、ここで引くことはできない。

「痛いのとか、酷いのとか、辛いのが好きじゃないなら……優しい方がいいよ」

「そうねぇ」

元々、諦めるつもりだった。全てを諦めて、この地に嫁いだ。

痛いのが好きな訳じゃないし、酷いのも好きじゃない。辛いのが好きじゃなくて、辛いのが当たり前だと思っていただけだ。

どうせ帰れないのなら、諦めた方が早いだろう。今までだって、何もかも諦めてきたのだから変わりはない。

アエロアが差し出してきたグラスを受け取らず、ソフィアは城の外を見た。

「ホットチョコレート。飲みたかったんじゃないの?」

「それ、ホットチョコレートじゃなくて、ホットウイスキーチョコ風味よねぇ」

「いいから、さっさと飲んで戻りなさいよ。花嫁様」

寒いけれど、暖かい日差しが眩しい。街の皆と笑い合うミハエルを見て、眩しいと目を眇《すが》める。

諦められるのだろうか。この奇異な日常に慣れるのだろうか。想像していたよりも平和で安全で幸せとも言える状況なのに、ソフィアは小さく溜め息を吐いた。

人前に出るのは久々だったからか、ソフィアはぐったりとソファに沈んだ。

いや、違う。あまりにも駆け足で色々とあったから疲れているのだと、魂《たましい》を吐き出すような溜め息を吐いた。

ずるずると、ソファにだらしなく座る。今日から夫婦の部屋に行かなければならない。極度に緊張した神父に宣言されたから、ソフィアはミハエルの妻になった。夫婦になったのだから、夫婦の部屋を使うのが当たり前で、夫婦として生きていかなければならない。

それが嫌で、ソフィアはアエロアの部屋のソファで目を閉じた。

教会で式を挙げ、街の皆へのお披露目も終わり、城で身内だけのパーティーをする。身内と言っても、ソフィアとアエロアに、ミハエルとバルテニオスと使用人達だ。

給仕に徹《てっ》していた使用人達は酒を浴びるように飲み、酔っ払ってミハエルの過去を嘆《なげ》く。

噂は本当だったと思うよりも前に、更に悲惨《ひさん》な過去だったのだと、ソフィアとアエロアは見つめ合って顔を顰めた。

ミハエルの母は四番目の妾で、戦の戦利品として国王のハーレムに入れられた。もう、これだけで何が起きたのかわかるし、ミハエルの過去を想像することもできる。

攫われて乱暴された自分が言うのも何だけど、ミハエルも相当だろう。

三歳まで母と同じ部屋で過ごし、部屋の外に出たこともない。母が亡くなった後は、幽《ゆう》閉《へい》されていたというのだから、ソフィアにはわからない類いの辛さだ。

なのに、あの純真さと素直さは、どこから来るのだろうか。裏があるようには思えない。いい顔をして近付いて来る男は多かったから、目を見ればわかる。あれは本気で心配している。本気でソフィアを気遣っているとわかった。

「お疲れ様だねぇ」

「……小さな街なのに、意外と人が多いわよねぇ」

そんな話を聞いて、どんな顔をすればいいのかわからない。途中でパーティーを退出して、ソフィアはアエロアの部屋に直行した。

だって、夫婦の部屋で、ミハエルの帰りをひとりで待つのは辛い。過去の話は、ミハエルの口から聞いた訳ではない。ミハエルは、結婚を喜び男泣きするバルテニオスと飲んでいた。大広間は騒がしく、ミハエルの過去を語る使用人の声はソフィアとアエロアにしか聞こえていないだろう。

「昨日、ここに来たんだよねぇ……なんか色々と忙しくて疲れちゃったねぇ」

「……私なんて何もしていないのに疲れたわ」

ここに来た当日。昨日と同じように、ソフィアはアエロアの部屋で風呂も着替えも済ませてしまった。

厚手の寝間着に、厚手の靴下。肌着も着て、毛糸で編んだ大きなカーディガンを羽織っている。

アエロアは肌着を三枚重ねて着ていると言って、笑いながら湯気を立てるカップを差し出してくれた。

暖炉で温めたホットミルクを飲んで、ソフィアは身体を震わせる。風呂で充分に温まったと思ったのに、すぐに身体は冷えてしまう。

でも、わかっている。震える理由は、寒さだけではない。

「そろそろ部屋に行った方がいいんじゃないの?」

「……そうねぇ」

初夜、だ。運が良いのか悪いのか、散らされなかった純潔を捧げなければならない。

ミハエルは知っているだろうか。馬鹿みたいにキラキラした目をした男は、ソフィアの今までを知っているのだろうか。

ソフィアがミハエルの噂を聞いたように、きっとミハエルもソフィアの噂を聞いているだろう。

でも、あれだけ純真な男だ。バルテニオスや使用人達が噂を隠していたら、どうすればいいのだろうか。ソフィアの嫌な噂を知っているのならいいが、知らなかったらどう対応していいのかわからない。

いくら、呆れる程に慣れてしまったとはいえ、今までの経験を語りたくはなかった。

「初夜が怖い？」

「……それよりも」

「それよりも⁉ って、初夜よりも大事なことが他にあるの？」

「ミハエルは、私の噂、知ってるのかしらねぇ」

「……あ～」

多くを語らなくても、ソフィアの過去を知っているアエロアはわかってくれる。どんな噂が広まっていたかもわかっているから、初夜以前の問題だというのもわかってくれるだろう。

噂を知っているのならいい。知らないのなら、騙されたと糾弾《きゅうだん》されても仕方がないと思えた。

なにせ、獣の世界では、嬉しくない程に有名だった。

世界は一つではないと、悲しい声で教えてくれたものもいたが、他の世界のものにも攫われているのだから意味はない。

「でも、知ってても、あの裏がありそうな優しさなら、大丈夫じゃないかな？」

「本当に裏があったら？」

「……その時に考えればいいんじゃないかな？」

あまりにあまりな意見に、ソフィアは思わず噴き出してしまった。

確かに、その通りだろう。考えていても仕方がない。想像しても、仕方がない。自分の想像など些細《ささい》で小さなものだと教えられた。

ならば、さっさと初夜を終わらせて、裏があるのなら暴いた方が気が楽になる。諦めることも、慣れることも、ソフィアには難しいことではなかった。

「……じゃあ、行って来るわ」

「はいはい。行ってらっしゃい。何かあったらココまで逃げておいでねぇ」

ソファから立ち上がり、熊の足のような大きなブーツを履いて、ソフィアはアエロアの部屋を出る。寒い廊下にふるりと震え、自分の身体を抱き締めて夫婦の部屋を目指す。

どうすればいいのだろうか。先に噂のことを聞いて、間違いを正してから初夜に挑んだ方がいいのか。

それとも、さっさと終わらせてから噂のことを聞いた方がいいのだろうかと考えながら、ソフィアは凍えそうな廊下で立ち止まった。

ここは、酷く、寒い。

結婚式で街の皆の服装を見れば、寒いと思っているのは獣の世界から来たものだけなのだろうと気づいた。不自然な程、自分とアエロアだけ厚着していたからだ。同じように見えるのに、違う世界なんだと教えられた。他の世界の男に攫われたことはあっても、獣の世界を出たことがなかったんだと知った。

少し欠けた月が、小さな窓から見えて、ソフィアはようやく結婚したのだと諦める。

今まで全て諦めてきたのだから、これから先も諦めて生きるのだろう。優しい男に裏があっても、納得はするだろうが驚きはしない。

ゆっくりと歩き出したソフィアは、夫婦の部屋の扉を睨《にら》み付けた。

大丈夫。何があっても驚きはしない。無様な姿を曝したくないし、慌てて泣き喚《わめ》いても状況は好転しない。そんなことは、わかっているし知っている。

覚悟を決めて歩いていたのに、そぉっと夫婦の部屋の扉が開いた。

「あ、良かった……」

「……え？」

ほっと、嬉しそうな息を吐いたミハエルが、ソフィアをじっと見ている。何を考えているのかと首を傾げると、ミハエルは慌てて部屋から出て来る。

「ごめんね。この城は寒いよね」

「え？　あ、そう、ね」

どうしてミハエルが謝るのだろうかと目を瞬《しばたた》かせると、大きな布を被せられた。

厚手のブランケットだと気付く前に、ふわりと身体が浮く。抱き上げられた驚きよりも、太い腕と大きな手にソフィアは固まる。

「部屋を暖かくして毛布も三枚出したんだけど」

「あ？　え？」

「盥《たらい》とお湯は用意してあるから、足だけでも温まった方がいいよね」

「え？　え？」

もう本当に意味がわからなくて、ソフィアは目を丸くすることしかできなかった。

抱えられたまま部屋の中に入れば、ほんわり暖かくて驚く。どれだけ薪をくべたのかと暖炉を睨むと、本当に盥とタオルと大鍋が用意されているから眉が寄る。

「生姜湯《しょうがゆ》は身体を温めるんだけど、お酒の方がいいのかな？」

「……お、落ち着いて」

「獣の世界は暖かいって聞いていたけど、住民が寒さに弱いって知らなかったんだ」

暖炉の目の前に置かれたソファに下ろされ、ソフィアはアエロアの部屋で時間を潰《つぶ》したことを心底悔やんだ。

だって、今、ソフィアはクッションに埋もれている。ブランケットに包まれ、一体どこから寄せ集めてきたのかという程のクッションに埋もれ、おたおたと歩き回るミハエルを見ることしかできなかった。

きっと、獣が寒さに弱いと、パーティーで聞いたのだろう。ただ、慣れない寒さではなく、寒いと調子を悪くするのだと教えられたのかもしれない。パーティーを途中で抜け出したのに、部屋に帰ってこないソフィアを思って、一つ一つ用意していたら心配が不安になったのかもしれない。

でも、慌てすぎだろう。どう考えても慌てすぎだった。

「僕は寒さに強いみたいでね。よくわかってなかったんだ。ごめんね」

「……だ、から、落ち着いて」

もしかして、酔っ払いなのかもしれない。アルコールの匂いはしても顔は赤くなっていないが、酔っ払って思考が駄目になっているのかもしれない。

それにしては目が綺麗だし、動きも問題ないし、呂律《ろれつ》も回っているので、真剣に心配しすぎで混乱しているのかと、ソフィアはさらに眉を寄せた。

「ああ。そうだ。お風呂！　お風呂の方がいいよね！」

「お、落ち着いて……ね、落ち着いてったら‼」

うろうろと歩き回っていたミハエルが、ソフィアの声でぴたりと止まる。恐る恐る向けてくる瞳が怯えているようで、ソフィアは溜め息すら零《こぼ》せない。

友人と呼べるのはアエロアのみというソフィアだって、いつもと同じような態度を取ってはいけないとわかっていた。

「獣が寒さに弱いのは本当だけど……」

特に、ソフィアやアエロアのように、耳や尻尾を隠せない獣は寒いのが苦手だ。尊い血の濃い純血種ならば寒さにも暑さにも強いらしいが、商家に生まれたソフィアは獣の世界では中流の上といったところだから特別な力はない。獣の世界の住民だからといって、何か特化したものがある訳でもない。

「や、やっぱり……」

「だからね。そんなに心配しなくても大丈夫だから」

「でも、寒いと弱ってしまうんだろう？」

少し顔色を悪くしたミハエルに、ソフィアは心の中でアエロアを呼んだ。

これに裏はない。もしかしたら、自分の苦手な心配性の部類かもしれない。今までのソフィアの噂を知っているのか知らないのかわからないけど、知らなかったら号泣されるかもしれないとうんざりした。

「人よりは頑丈《がんじょう》にできてるから」

「頑丈って……そんなに小さな身体なのに……」

「このぐらいの寒さなら、弱くなるっていうより嫌いなだけなの」

「で、でもね。小さくて軽いんだから、大事にしないと……」

ごうごうと燃える暖炉の火を見て新しい薪を摑むミハエルに、どうしていいのかわからなくなる。

こんな男は知らない。

ミハエルのような男は知らないと、ソフィアはクッションを抱き締めた。

高い身長。大きな手。太い手足。ミハエルは立派な男の体軀を持っているのに、子供のようで困る。

怖がっていた自分が情けない。何が地獄だ。別の意味で地獄かもしれないけど、最初に感じた恐怖心が馬鹿馬鹿しくなった。

「……ねぇ？」

「え？　何かな？　温かい飲み物でも飲む？」

でも、大丈夫だろう。これも、慣れて諦められる。慣れたら変わるかもしれないし、諦められたら何かが変わる。きっと、ミハエルだって慣れるだろう。

まだ、おたおたと薪を握り締めているミハエルから視線を外し、ソフィアはソファから立ち上がってベッドに向かった。

こんなことをしていても始まらない。さっさと、やることをやって慣れてしまった方がいい。

ベッドに座ったソフィアは、真剣な顔をして靴下を脱ぐ。

「ソ、ソフィア、ちゃん?」

「……私達は結婚したのでしょう?」

靴下を放り投げ、ズボンと下着を一緒に脱ぎ捨てた。

上着も肌着も、毛糸で編んだ厚手のカーディガンも着たままだけど、下半身だけ脱いでベッドに横になる。

「私の噂を知っている? 頑丈にできているから壊れないの」

「ソフィアちゃん⁉」

枕を胸に抱いて顔を隠すようにしてから、ソフィアは足を開いた。

純潔を散らされたことはない。でも、何をするのかはわかっている。必要なのは、ココだけだろうと、ソフィアは天井を睨み付けた。

男なんて、誰でも同じだ。

こんなに心配して子供のように慌てているミハエルだって、同じだろう。

「好きにしていいから。さっさと契《ちぎ》りましょう」

「ソフィアっっ‼」

ばさりと布団が降ってきて、丸出しの下半身を隠された。

物凄い勢いでソファに向かったミハエルが、大量のクッションを持ってベッドに戻って来る。とすとすとクッションまで降ってきて、ソフィアの下半身は色々な物に埋もれた。

「駄目だよ！　自分を大事にしなきゃ！」

聞き慣れているような、聞き慣れないような、不可解な言葉がソフィアに突き刺さる。

さて、どうしようか。まさか、この状況で、こんなことを言われるとは思っていなかった。

「…………私達は、夫婦になったんでしょう？」

「そっ、そうだけど！　でもっ、こういうのはそういうのじゃないよ！」

山のように積まれたクッションに、ミハエルは抱き付く。その下には丸出しの下半身があるのだが、恥ずかしいと思う暇《ひま》もなかった。

でも、おかしいだろう。何がおかしいのか具体的にわからなくて、ソフィアは首を傾げながら何がおかしいのかを考える。

「ねぇ、私の噂、聞いてないの？」

「…………少しだけ」

「…………そう。少し。少し？」

嫌な予感がして枕を頭の下に入れミハエルを見れば、金茶の瞳が少し潤《うる》んでいた。

ソフィアの丸出しの下半身に布団とクッションを積み上げたミハエルは、目尻と耳は赤いくせに顔色は青くなっている。変な顔色だけでもどうしようかと思うのに、涙で目が潤んでいればソフィアもキツイ言葉を呑み込むしかできない。

「……少しって、どのぐらい？」

「き、君が……怖い目に遭った、と」

「……怖い目、ねぇ」

自分の想像通りにことが運ばれないのは、意外と大変なんだということをソフィアは知った。

まず、意味がわからない。意味がわからないから、どうしていいのかも、わからなくなる。自分の噂と、ミハエルの噂。この二つがあるのに、どうして想像通りにいかないのだろうか。

言い方は悪いが、簡単な話の筈だった。

父である国王は不義の子であるミハエルに、苦痛を味わわせたい。辺境の地に飛ばしても屈強な精神で克服し、惨めにならないから、最悪の手段を用いたのだろう。

お前が誰と何との間に産まれた子なのか。人ではないモノと交わり、思い知ればいい。

そう言うつもりだったのだろう、たぶん。

だから、獣の世界に目をつけた。貴族や王族と呼ばれる純血種ではなく、耳や尻尾を隠せない獣に近い姿をしたソフィアの家に声をかけた。

商家であるソフィアの家ならば、話を通しやすい。金と権力のある国王ならば、仕事の伝手《つて》やコネをちらつかせればいい。

しかも、お誂《あつら》え向きな噂が、ソフィアには沢山あった。

何度も攫われたのは、事実。その事実があって、どうして純潔が散らされていないと思うだろうか。淫乱だとか淫奔だとか、事実ではない噂に目をつけたのだろう。

誰でも咥《くわ》え込む淫乱。お前の母が何をしたのか知れと、見せつけたかったのか。

「……怖い目とか、もう、思ってないのよ」

「……え？」

本当に簡単な話の筈だった。

そんな過去を持ったミハエルは世を恨み国王を憎み母を憐《あわ》れみ、ソフィアの知る男と同

じになる。過酷《かこく》な田舎に追放されて嘆いていれば、追い打ちのように国王の決めた結婚相手が来る。

殴られてもおかしくはない。嬲られ辱められ、ソフィアの想像した通りの地獄が始まる筈だった。

「……もうね、何度も攫われているの。慣れたし、飽きちゃったの」

なのに、どうしてこうなったのだろう。あんまりな話だと思う。

悲しいが、男に攫われるということは、ソフィアにとって日常と変わりなかった。

「全てが本当ではないけど、ほとんど噂通りなの。私は男に攫われ悪戯された。綺麗じゃないのよ」

隙があれば、自力で逃げる。逃げられそうになければ、助けが来るまで待つ。反応しないで飽き飽きしていると身体を投げ出せば、攫った男の方が焦り出す。

馬鹿馬鹿しい話だ。アエロアならば、そんなことが日常になる方が気持ち悪いと言ってくれる。だけど、それがソフィアの当たり前だった。

「可哀想ねぇ。ミハエル。こんな私と結婚しなきゃいけないなんて」

自分は、もういい。どんな日常にも生活にも慣れるだろうし呆れるだろう。

でも、ミハエルは可哀想だと思う。同情されたり、哀れまれたり、一緒に悲しむようなことをされると腹が立つソフィアですら、ミハエルが可哀想だと思った。

裏なんて、ない。純粋で純真で、綺麗なモノだと思う。前向きで明るく、自分にできる精一杯のことを真面目にこなし、真摯な考えを持つのだろう。

「もっと綺麗で可愛い子がお似合いだと思うのだけど……」

ここまで真っ直ぐに育ったのなら、もっと綺麗で真っ白な純粋な子が来れば良かったのにと、ソフィアは真剣に残念だと思った。

ゆっくり手を伸ばしてミハエルの頭を撫でようとして、ソフィアは自分の無意識の行動に驚く。

何をしようとしたのか。慌てて手を布団の上に落として顔を顰める前に、ミハエルが凄い勢いで身を乗り出してきた。

「ソフィアちゃんは可愛いよ‼」

「……え?」

しんみりと可哀想だと思って、自分の行動に慌てて、今度はミハエルの言葉に混乱する。

何を言い出すのか。しかも、そんなに必死になって言うことか。目を丸くするソフィアに気付いていないのか。ミハエルは尚《なお》も言葉を続ける。

「ソフィアちゃんは小さくて可愛くて綺麗で白くてふわふわしているじゃないか‼」

「………そ、そう？」

あまりにミハエルが真剣で、ソフィアは思わず引いてしまった。

褒め言葉には慣れている。慣れているのだが、瞳に下心がないから戸惑ってしまう。何より、白くてふわふわとは何だろうと、ソフィアは首を傾げる。

「僕は釣書《つりがき》にあった肖像画を見てびっくりしたんだからね！」

「……そ、そう、なの？」

「そうだよ！　こんなに可愛い子が僕のお嫁さんになってくれるんだって本当に嬉しかったんだからね‼」

「………えっと、ありがとう？」

下半身丸出しの上に布団とクッションを積まれ、夫となる男に必死に可愛いと言われるなんて、意味がわからないとソフィアは困った顔をした。

どうしよう。予測できない。想像が追いつかない。

だけど、わかったことがある。

ミハエルは子供だ。そして、自分は子供が苦手らしい。下手に反論して何倍にもなって返ってくるのなら、大人しく従った方がいいだろう。

別の意味で諦めることになりそうだと、ソフィアは無意識にミハエルの頭を撫でた。

第三章　目指せっ！　幸せ夫婦！

なんだか変な感じがして、ソフィアは目を覚ました。

怠《だる》い。身体が重い。寒いのか熱いのかわからなくて、身を捩《よじ》ろうとして動けないと知る。

「…………うわぁ」

下半身丸出しのまま布団とクッションを積み上げられ、その上に覆い被さるようにミハエルが寝ていた。

ベッドに引っかかるように、ミハエルが寝ている。ソフィアの下半身に顔を伏せるようにして、ミハエルが寝ている。

落ちかけの布団に、床に散らばった自分のズボン。ソフィアの位置からは見えないけど、ミハエルの足は辛《かろ》うじて床についている程度だろう。

昨日、あのままお互いに寝てしまったのか。何て言うか、未知との遭遇《そうぐう》だった。ソフィアの知らない世界だった。

だって、ミハエルはソフィアに触れていない。ブランケットを頭からかけられ抱き上げられたが、それだけだ。下半身だけ脱いでベッドに横になったというのに、ソフィアに触れずにミハエルは寝ている。

「……ねぇ、ミハエル。起きて」

ゆっくりと手を伸ばして、ミハエルの黒髪をわしゃわしゃと撫でた。

目の下には隈《くま》があって、目尻が少しだけ赤くなっている。結婚式で疲れたままなのに、こんな格好で寝たら疲れも取れないだろう。

どうにかしてあげたい気はあるのだが、どうにも動けそうにないと、ソフィアはミハエルの頭を撫で続けた。

なにせ、身体を起こすことすらできない。下半身丸出しのままなので布団から出ようとは思わないが、ウエストの上までクッションが積み上がっているので上半身を起こすことすらできない。仕方がないので、ソフィアは身体をくの字に捻《ねじ》ってミハエルの頭を撫でている。

しかし、下半身の感覚がないような気がするので、非常にまずいとソフィアは顔を顰めた。

「ミハエル？　ねぇ、ミハエル」

「……ん、んん？」

「あ、起きた？」

意外と長い睫毛《まつげ》が揺れて、ゆっくりとミハエルの瞼《まぶた》が持ち上がった。

金茶の瞳がゆらゆら揺れる。何度も何度も瞬きをするのは、状況を把握《はあく》できていないのだろう。

だって、ソフィアだって何事かと思った。

誰かと一緒に寝るなんて、記憶を探してもない。この状態を一緒に寝ると言っていいのかわからないけど、一緒に寝ているんじゃないかなと思う。

ましてや男と一緒に寝るなんて、本来なら目眩と吐き気がするぐらい嫌なことだ。

「……ソフィア、ちゃん？」

「おはよう。ちょっと退《ど》いてくれないかしら？」

「…………」

瞬きを繰り返すミハエルが周りを見る。ソフィアの顔を見て、クッションの山を見て、ゆっくりと顔を後ろに向ける。

ビクリと、ミハエルの動きが止まった。

急に動きが止まるから驚く。なんだろう。何かあったのだろうか。ミハエルが見ている場所に顔を向けてみるが、身体をくの字に曲げたソフィアの位置からだと見えない。

「……ミハエル？」

「…………」

「ねぇ？　起き上がれないから、そこを退いてくれないかしら？」

がばりと起き上がったミハエルが、物凄い速さでその見ていた先に向かった。

思わず、寝たままミハエルを追ってしまう。重しがなくなったのだから起き上がればいいのに、起き上がらずにミハエルを見てしまう。

何かを持ってきたミハエルは、顔を真っ赤にして目を閉じた。

「見ないからっっ‼」

「……え？　はい？」

顔も耳も首も手も、見えている箇所全部が赤くなっている。それこそ湯気が立っているような、火を噴くんじゃないかと思うぐらいに真っ赤になっている。

本当になんだろう。見ないって何があったのだろうか。何を持ってきたのかと視線を動かして、クッションの山が崩されるのを見た。

「ミハエル？」

「うん！」

返事をするけど、ミハエルが上の空なのがわかる。長い腕で薙《な》ぎ払うみたいにクッションが飛んでいくのを見て、ソフィアは首を傾げた。

「……ミハエ、るっっ⁉」

ずぼっと、ミハエルの腕が布団の中に入ってくる。一瞬、下半身丸出しだったと気付けなくて、熱い手が脚に触れて息を吞む。

ソフィアは久しぶりに頭の中が真っ白になって硬直した。

何を。だから。こんなことは慣れている。でも。だけど。

熱い掌は大きく、指の腹は硬くて、心臓すら止まりそうになった。

「っっ⁉」

もぞりと動く手は、こんなにも恐ろしいものだったのかと、ソフィアは無意識に息を止めていたと知る。

踝《くるぶし》を撫でるように動き、踵《かかと》を触り、足の指先に触れる。

「ごめんね！」

「っっ‼」

ミハエルの両手が布団の中に入ってきて、ソフィアは身体を持ち上げられた。

「ひっっ⁉」

しゅばっと、脚を何かが滑る。物凄い勢いで股間まで到着して、軽々と脚と腰が持ち上がる。

なんだ。何が起きている。何をされた。あまりにわからなくて、あまりに不可解で、ソフィアの耳がピンと立ち上がる。

もきゅっと布の中で尻尾が丸まり、ソフィアは下着を穿《は》かされたのだと知った。

「大丈夫！　見ていないよっ！　ズボンもね！」

「ひゃっっ⁉」

頭の中が真っ白になったと思ったら、現状を把握した途端に真っ赤になる。全身も真っ赤になっているだろうけど、息もできないし身体の硬直も解けない。

何がどうしてどうなったのか、ソフィアにはわからなかった。

わからないけど、どうしよう。わからないけど、屈辱的《くつじょくてき》だ。物凄く、あまりにも、どうしようもなく、心底、屈辱的だ。

羞恥なんて可愛らしいモノは、遠く遠くへと飛んでいった。恥ずかしいなんて微笑ましいモノは、裸足で駆け抜けていったせいで背すら見えない。

本当にどうしようもなくどうしようもない時というのは、脳で考えた言葉は口から出ないということがわかった。

「ええと、後は……あ、僕のズボンも穿くといいよ！」

「っっ‼」

どこかに消えたと思ったミハエルは、ズボンを持って速攻で帰ってくる。

もちろん、布団の中に手を突っ込み、ソフィアの足首をズボンに通して、そいやっとばかりに穿かせてくれた。

どうしよう。本当に、どうしよう。どうしようもなく、どうしよう。

怒りで震えるなんて通り過ぎたのか、ソフィアの頭の中は冷静だ。屈辱で唇を噛むなんて通り過ぎたのか、ソフィアの顔は能面のようになっている。何がなんだかわからなくて涙を流すとかも通り過ぎて、ソフィアはガッチガチに硬直していた。

「靴下に……ストールに……上着の上に上着と……」

背中に腕を通され起こされたと思ったら、ソフィアはもこもこに着膨れていく。それはもう何事かというぐらいに布が重ねられていく。

最初に着ていた肌着と寝間着とカーディガンは、強制的に穿かされた下着とスパッツと寝間着のズボンの中に入れられた。その上からどうしてか、ミハエルのズボン二着と上着三着を着せられ、ストールが巻かれる。

駄目だ。これは、キツイ。作ったことはないが見たことはある雪だるまというのを彷彿とさせた。

これでは腕も脚も関節が曲がらないだろう。下手をすると下を向くことすらできないかもしれない。

直立不動か。人形か。置物か。はたまた、花瓶に挿された花なのか。皮肉の一つでも言おうと思ったのに、ソフィアは口を歪ませることしかできなかった。

「お腹空いたよね？　すぐに美味しい物を用意するよ！」

ソフィアの心のうちなんて考えもしないミハエルは、にこにこと嬉しそうな顔をして上機嫌で幸せそうに言う。当たり前のように自然にソフィアを抱きかかえると、ミハエルはスキップする勢いで部屋を出た。

どうしてくれようか。ギロリとソフィアが青い瞳で睨み付けるが、うきうきランラン上機嫌のミハエルは気付かない。ぶいずんと満足そうに笑っているミハエルに、女としての何かが壊されたというか生き物としての尊厳を壊されたというか、何もかもが木っ端微塵《こっぱみじん》になった気がして殺意が湧く。

この年齢で、他人に下着を穿かせてもらうことが、ここまで屈辱的なことだとは思わなかった。

もう、本当に、本当に、屈辱的というか恥辱というか汚辱というか辱めだろう。

いっそ、犯された方が良かったと思える日が来るとは思わなかった。純潔を散らされる痛みの方がマシだと思う日が来るとは思わなかった。

「何がいいかな？　ソフィアちゃんは昨日出した食事で何が好きだった？」

「………」

頭の中は恐ろしいほど冷静なのに、身体と何かがついて行けなくて硬直していた。なんだろう。この恥ずかしさよりも悔しさはなんだろう。残念ではない。口惜しいのとも違う。散々、男に攫われ触られ弄られた身体だというのに、今の方が弄ばれた感が強かった。

「ソフィアちゃん？」

「………魚」

「魚だね！　わかった！」

ソフィアが考えている間に、どうやら食堂としている部屋に到着したらしい。

この城は堅牢ではあるけど小さい。壁や床に厚みがあるのだと、城に詳しくないソフィアにだってわかる。

それでも城は城だ。ソフィアの生家である屋敷よりも、充分に広かった。

一階には大広間があり、二階に客室と食堂がある。三階に住むための部屋がある。

「ちょっとだけ、ここで待っててね！」

「……そうね」

本当にどこから取り出したのか、山のようなクッションの中に、ソフィアは埋め込まれた。

大きな食堂なのに、食器が用意されているのは四つ。ソフィアは壁に沿って置かれているソファに座らされたらしい。らしいというのは、クッションの山のせいで自分の立ち位置が見えないためだ。それでもクッションの山に埋もれれば、屈伸運動すらできない着膨れでも問題なく座れた。

どうやら、少しだけなら前屈みになれるらしい。ソファに尻を引っ掻けて立っている状態ではなく、ちゃんと座れていることに安心する。

ふぅと、小さく息を吐き出したソフィアは、全てを諦めることにした。

そう。諦める。そうだ。諦めてしまえばいい。今までだって諦めてきたのだから、諦めて慣れて呆れてしまえばいい。

だって、これは無理だ。どうしようもない。ソフィアの知らない世界というヤツだ。

ミハエルに、ソフィアの夫となった男に、悪意はない。悪意や性欲や、汚い感情しか向けられたことがなかったソフィアには、コレに立ち向かう手段がわからない。

知らないから。知りたくなかったから。知っても仕方がないことだった。ふわふわと甘くて綺麗で優しい感情なんて知らない。柔らかく抱き締めて支えてくれるような感情なんて向けられたことはない。

なんだろうか。コレは、天国とかいうヤツだろうか。もしかして、この城に来る時に通った悪路で、実は馬車が転落して死んでしまったのではないだろうか。

考え過ぎてパッツパツのいっぱいいっぱいになったソフィアは、顔を覆いたいのに関節が曲がらないことに苛立った。

「あれ？　ソフィア、おそよう……何？　その格好？」

ゆっくりと顔を上げれば、いつも通りのアエロアがいる。ソフィアの顔を覗き込むように声をかけてくるから、思わず知った世界に安心してしまう。

「…………あ、あえろあ」

喉がカラカラに渇いていて、ソフィアは縋《すが》るようにアエロアを見つめた。

どうしよう。どうすればいい。むしろ、どうなっているのか教えて欲しい。わかっているけど、わかりたくない。それでも声に出して教えて欲しい。

「……何かあったの？」

「…………な、何も、なかった」

「……そう」

しょっぱくて苦くて酸《す》っぱい物を噛んでいるような顔をするアエロアに、ソフィアはなんて言っていいのか言葉を探した。

もう、なんていうか、世界が違う。そう。世界が違う。

「ねぇ」

「……何よ？」

「もしかしてココは、あの世とかいうヤツなのかしら？」

異世界。異次元。パラレルワールド。そんな話の本を見たことがあるような気がしないでもなかった。

もしかしたら、アレかもしれない。実はまだ馬車の中で、本当は夢の中なのかもしれない。いや、夢の中であって欲しい。コレが現実だなんて信じたくない。

「……ソフィア？　知恵熱でも出たの？」

「だ、だって、あの男、何もしなかったのよ？」

何もしなかったというか、何もできないようにされたというか、ソフィアは必死にアエロアの顔を見つめた。

どうしていいのかわからない。いや、諦めればいいのはわかっている。今までと同じように諦めて慣れてしまえばいいのはわかっているのに、あまりに違う世界に戸惑ってしまう。

「……初夜で、何もされないのは確かにまずいわねぇ。ソフィア、何かしたの？」

「あの男が何もしないから……下半身だけ脱いでベッドに横になった」

ビシャーンと、アエロアは雷に打たれたように真顔で硬直した。

それはもう、着膨れて動けないソフィアが心配になるぐらいに、アエロアは硬直している。息をしているのか心配になってきた頃、低く地を這うような声が聞こえてくる。

「…………この数多《あまた》ある世界の中で、一番最悪な誘い方だと思うんだけど？」

「さ、最悪……」

「相手は筋金入りの純粋で真面目なお坊ちゃまだよ？　なんで、そんな悪手を選んじゃったのよ？」

真顔から一変、物凄い顔をしたアエロアに、ソフィアはさらにどうしていいかわからなくなった。

そうか。駄目だったのか。自分の噂も現状も過去も知っているアエロアが悪手というぐらい、駄目な手だったのか。なんとなく自分でも自棄《やけ》っぱちで直截《ちょくせつ》的で情緒《じょうちょ》に欠けると思っていたけど、そこまで最悪な手だったのか。

もしかして、自分の中に築き上げてきた世界であり常識というのは、駄目なのかもしれない。なんとなく駄目だとわかっていたけど、今まで通じてしまったから大丈夫だと思っていたのがいけなかったのかもしれない。

なんていうか、ソフィアは混乱していた。

自分が今まで当たり前だと思っていた世界が崩れたら、自分が今まで当然だと思っていた常識が駄目だと言われたら、誰だって混乱するだろう。

「……な、にが、駄目なのか、わからなくなってきた」

「それは大変だねぇ」

さらに言えば、自分は冷静だと思っていたけど、実はこの城に来てから混乱しっぱなしだったと気付いてしまった。

でも、仕方がない。今までと違う。世界が違う。人の世界と獣の世界と、本当に世界も違う。

そうか。そうだ。人と獣だからか。世界が違うから常識も考え方も違うし、想像できないというか想像が追いつかないのか。

ソフィアは責任転嫁することにした。

「……人と獣は相容《あいい》れられないの、ねぇ」

「ソフィア。人と獣が原因じゃないから、ソレ」

きっぱり容赦なく否定される。それはもう、バッサリだ。バッサリ切り捨てられて、ソフィアはアエロアを見る。

「……だって、世界が違うし」

「アンタの世界がおかしいの。優しくて気持ち悪いとか、昨日聞いて戦慄《せんりつ》したわ」

アエロアは自分の腕を抱き締めて、見せつけるように震えていた。

そうか。そうなのか。ソフィアは両手で顔を覆いたくなったが、着膨れのせいで腕が曲がらず手が顔まで届かない。肘は曲がらないし、腕も上がらない。

責任転嫁して恥ずかしかったと気付いても、顔を隠すことすらできなかった。

「……確かにアンタの男運は酷かった。なんだかんだといって、通りすがりの男に助けられたと思えば、助けた男が襲って来るとか」

「う、うん……」

笑えるぐらいに攫われ続けたソフィアだったが、笑えるぐらいにギリギリ間一髪で助けられてもいる。

誰も来ないような山奥に攫われた時は、山菜採りの老夫婦に助けられた。自宅に連れ込まれることが一番多かったが、回覧板だとかお裾分けだとかバタバタ煩《うるさ》い一度文句を言わなきゃ気が済まないとか言って家にやって来た輩《やから》に助けられた。廃墟に連れ込まれた時には肝試しに来ていた学生に助けられ、違う世界まで連れ去られた時には雷が落ちた。

熊《くま》に助けられたこともある。突然出て来た熊に驚いた男は逃げ、熊はソフィアに興味はないのか男を追いかけた。ソフィアに襲いかかってきた男を突き飛ばした猪《いのしし》が、そのまま男を転がして遠くに行ってしまったこともある。野犬の群れが男を威嚇《いかく》している間に逃げたこともある。犯されるぐらいならと、二階の窓から飛び降りたら鹿《しか》の背に乗っていて、うっかり無傷で助かったこともあった。

全て、一応、掻い摘まんで、アエロアには一部始終を話してある。一度、両親に話をしたら大号泣されて助かったことを喜ばれたが、遠慮のないアエロアは毎度大笑いする。運が良いんだか悪いんだかというのは、こういうところもあるだろう。

しかし、全部を知っているアエロアは、悟《さと》った般若《はんにゃ》のような顔をしていた。

「いい？　ソフィア」

「な、なに？」

「ちょっとは慣れなさい。優しくされるのは喜ばしいことなの。我慢して慣れて諦めるのが得意なら、優しくされることに慣れなさいよ」

確かに、アエロアの言う通りだろう。

今までだって、そうしていた。この結婚に関しても、諦めていた。馬車に揺られ、どんな地獄が待っているのかと、諦めていたのを思い出す。

なのに、どうして、優しくされることに慣れないのだろうか。冷静に考えなくとも、今の待遇を拒絶する必要はないだろう。

痛くもない。苦しくもない。怖くもないし、気持ち悪くもない。

先が読めないのが、いけないのか。意味がわからないから、いけないのか。突拍子《とっぴょうし》もないことをされて、驚くからいけないのか。

でも、顔が赤くなるほどの羞恥など、初めて感じたとソフィアは唸《うな》った。

いくら、諦めて慣れたとはいえ、攫われ触られることを望んでいる訳ではない。優しく丁寧に紳士的な対応をするミハエルに、安堵を感じても不満に思う必要はない筈だ。

なのに、どうしてだろう。何が嫌なのだろうか。

自分の感情なのに、わからないことが不愉快だった。

「………慣れる?」

「そう。得意でしょ? 大人しく受け入れればいいじゃないの」

「……大人しく? でも、私、逃げる隙を狙って大人しくしているんだけど」

「逃げてどうするのよ。っていうか、どこに逃げるつもりよ」

アエロアが珍しく呆れるより怒っている。そんなに怒るようなことかと思ったが、怒るようなことだと思い直す。

ああ、そうだ。わかっている。自分でもわかっているのに、心が追いついていかない。これが混乱してパニくっているという状況かと、ソフィアはアエロアを見つめた。

「……わ、わかってるんだけ、ど」

どうしようもないと、ソフィアは言葉を濁《にご》す。仕方がないじゃないかと、言える訳もない。だって、アエロアが怒っている。それはそれは本気で怒っている。

「もう、どうやったって、水と油だから。わかり合えないと思うから。どうしようもなく相容れない性格だと思うから」

「……そこまで、かな？　そこまで、酷くはないと思うのだけ、ど？」

「本当にびっくりするぐらい何もかも正反対でしょ？　ソフィアは、あの坊ちゃまに少し性格矯正されてきなさいよ」

ぷりぷり怒るアエロアの言葉が、ソフィアの頭の中を素通りした。

だって、なんとなく感動すら覚える。感情と思考と身体が、こんなにも思い通りにいかないなんて凄いとか思ってしまう。

「聞いてるの？」

「……た、たぶん？」

「ああ、そう。そうね。もう、いいから。猫も被らなくていいから。その素っ頓狂《とんきょう》で捻《ひね》くれて拗《ひね》くれてこじれまくった素を見せて嫌われる勢いでぶつかって慣れてきて」

大体ねぇ、と珍しく怒るアエロアに、ソフィアは首を傾げながら神妙に聞いた。

アンタの過去は災難だと思う。これからも災難だと思ってた。想像通り、お約束通り、最悪で最低な地獄のような生活だったら仕方がないけど、いくらなんでも考え方が後ろ向き過ぎる。優しくされて気持ち悪いとか。何もされなくておかしいとか。そっちの方がおかしいって学んでくれ。良かったじゃないか。いい人だと思うし。ちょっと純粋馬鹿っぽいけど、そのまま騙してモノにしてしまえ。アンタも幸せになれるのなら、幸せになった方がいい。これは棚からぼた餅だと思え。コレを逃したら次はない。云々《うんぬん》かんぬん。

要約すると、今の状況は最高ラッキー素晴らしいチャンスなので、このまま慣れてゲットしろということだろう。

「……な、慣れる……って言うけど、ね」

「何よ」

「……わ、わたし、この歳になって、男に下着を穿かせてもらうとか、慣れたくない」

「何がどうしてどうなったらそんな状況になるのよ……」

物凄い大きな溜め息を吐いたアエロアに、自分だってどうしてどうなったらそんな状況になったのかわからないと言いたかった。

しかし、アエロアの言うこともわかる。わかるのだが、どうにもついていけない。想像すらできないことをされると、身体は硬直して思考だけが高速回転する。口を開いても声が出ないというのに、頭の中だけで喋りまくる。

「ソフィアちゃん！　お待たせ！」

料理の載った皿を何枚も持ったミハエルが来て、ソフィアは我に返った。

本当にミハエルが作ったのか。テーブルに皿を置くのを見て、なんて言えばいいのかわからなくなる。後ろからバルテニオスも続いて来て、ここでようやくアエロアも使用人として朝食の用意をしていたのだと気付いた。

だから、アエロアは食堂にいたのか。ソフィアが来たから食堂に来たのではなく、最初から食堂にいたのか。

そんなどうでもいいことが頭の中でくるくる回る。

「………ま、待って、ないか、な？」

「旦那様。おはようございます」

「えっと、アエロアさんだったかな？　ミハエルって呼んでくれると嬉しいな」

後ろに従者であるバルテニオスを従え、にっこりと笑うミハエルが、なんだかまともに見えて眩しかった。

ミハエルとアエロアが挨拶しているのを、ぼんやりと見つめてしまう。だって、物凄くまともだ。ミハエルが歳相応に見える。馬鹿っぽくない。子供っぽくない。なんて言うか、好青年に見える。

「……ああ、じゃぁ、幼馴染みなんだね」

「侍女というか、使用人としての教育を受けてないからねぇ。外ではちゃんとするから、城の中では気を抜いた感じを許してくれると嬉しいかな」

「もちろんだよ。うちの使用人達も家族だからね。気を抜いて仲良くやってくれると嬉しいな」

このミハエルなら、ソフィアも納得できた。

ソフィアの知っている男と同じだ。こういう男に目をつけられると厄介なことになる。好青年で真面目で礼儀正しいから、手を出されたソフィアが悪いと言われる。

でも、違う。違った。ミハエルは今までの男と違う。

「バルテニオスは僕の乳兄弟でね。執事ということになっているから、城のことなら彼に相談すればわかるよ」

「急な結婚式で慌ただしくしてすまなかったね。バルテニオスと呼んで欲しい。これからは、ゆっくりできるからなんでも聞いてくれ」

「こっちこそ手伝えなくてゴメンね。色々と教えて欲しいわ」

和気藹々《わきあいあい》と楽しそうに挨拶し合っているミハエルとバルテニオスとアエロアを見てから、ソフィアはぼんやりと視線を外した。

確かに、アエロアの言う通りだ。ソフィアが慣れれば全て上手くいきそうな気がする。

しかし、望んだこともない幸せというのは、どうすればいいのだろうか。想像することも虚《むな》しいと思っていたのに、目の前に差し出されても困ってしまう。

「ソフィアちゃん！　食事にしよう！　ほら、魚を用意したよ！」

「…………え？」

「新鮮な魚だと川魚を捕りに行かないといけないから、保存食の魚なんだけど……塩鱈《しおだら》を戻してトマト煮と、鰯《いわし》のオイル漬けでサンドイッチを作ったよ！」

「……え、あ、そう、そうね」

輝くような笑顔でミハエルが近付いて来るから、本気の本気で困ってしまった。

幸せそうな笑みというのは、こういうことを言うのだろう。ふにゃりと、だらしなく緩んだ顔をするミハエルは、さっきまで好青年だと思ったことを撤回したくなる。

しかし、逃げたくても動かない身体では何もできず、ソフィアは迫ってくるミハエルを見つめるしかできなかった。

「何？　ソフィア、魚が食べたいとか我が侭言ったの？」

「ああ、違うよ。僕がソフィアちゃんの好きな食べ物を作るって言ったんだ」

ソファに積まれたクッションに埋もれたまま動かないソフィアに、にこにこ顔のミハエルが近付く。その後ろからアエロアがにやにや顔で覗き込んでくる。

「……ふぅん……へぇ、ほぉ～」

「……何？　アエロア。言いたいことがあるなら……」

「ソフィアに好き嫌いがあるなんて知らなかったなぁ。いっつも仏頂面でつまらなそうに食べてるからねぇ」

面白いものを見付けたという顔をするアエロアに、ソフィアは少し目を丸くして驚いた。

そういえば、好き嫌いなんて考えたこともない。出された物を食べるだけで、何かを欲しいと思ったこともない。

何が好きなのか。何が嫌いなのか。聞かれたことがなかったと思い出した。

女だから、パンが好きだろう。可愛いから、ケーキが似合う。ウイスキーを飲むなら、ホットチョコレートを飲め。キラキラする砂糖菓子と、ふわふわの生クリーム。甘い香りに慣されていたのだと思い知らされた。

「そうなの？　つまらない顔でも構わないからね！　僕の作った物を食べてくれるだけで嬉しいからね！」

「……ミ、ミハエルっ。君の作る食事は美味しいから！　本当に美味しいから！」

必死に言うミハエルを、バルテニオスが必死に慰める。でも、そうじゃない。そうじゃないだろう。仮にも一国の王子が食事を作ることが間違っている。

そう思うのだが、それも普通じゃなかったらどうしようか。今時の一国の王子というのは、料理ができて当たり前なのだろうか。レース編みやブーツを作っちゃうのが当然なのだろうか。

ソフィアは常識がガラガラと音を立てて崩れていくのを感じた。

「でも、獣の国と味付けが違うかもしれないし……あ、食べられないと思ったら残してくれていいからね！」

「あ～、えっと、極端に辛かったりしなければ、ソフィアはなんでも食べるから、ね？」

「え、ええ。好き嫌いは、ないわね」

しかも、どうやらミハエルの過去も思い知らされてしまった気がする。

食べてもらえるだけで嬉しいとかありえない。そんな言葉が口から出ることが、おかしいと気付いて欲しい。あのアエロアがフォローに回るぐらいおかしいと気付いて欲しかった。

作った食事に、手をつけてもらえなかったのか。それとも、捨てられてしまったのか。想像するだけで胃がキリキリと痛み出す。

「本当に？　辛くはないと思うんだけど……」

「ええ。変な薬とか怪しい薬とか入ってなければ、なんでも食べられるから」

ぐふっと、バルテニオスから変な音が聞こえてきた。

口元を押さえて蹲《つくば》るバルテニオスの金髪を、アエロアがどうでもいい感じで撫でているのが見える。

「ああ、毒は苦いよね！　あれは調味料にもならないと思うよ」

「そ、そう。毒は苦いのね？　媚薬《びやく》は甘ったるいのよ。睡眠薬は変な匂いがするの」

がふげふっと、バルテニオスから更に変な音が聞こえてきた。

蹲って震えるバルテニオスの背を、アエロアがどうでもいい感じで叩いている。もしかして、気管に何か入って苦しいのだろうか。でも、アエロアもどこか遠い目をしているような気がする。

「絶対に毒が入ってるってわかってるのに、食べなきゃいけない状況とかね」

「毒は見た目も変えるのかしら？　媚薬は見た目にはわからないの。だから、私は食べたふりをして袖口に隠す技を身につけたけど」

かふっと、バルテニオスから凄い音が聞こえてきて、とうとう動かなくなってしまった。大丈夫だろうか。何か持病を持っているのか。でもミハエルが気にしていないようなので、持病じゃないのかもしれない。

「袖口に隠すの？　それは凄いね！　僕は諦めて食べることにしていたよ！」

「口元に少しだけ食べ物をつけておくのがコツかな？　口に入らない場所にね。食べてしまえるぐらい体力があるのなら、その方が楽なのかしら？」

啜《すす》り泣くような不気味な音が聞こえてきて、発生源はバルテニオスだとわかった。

よくよく見てみると、周りの使用人もバルテニオスと同じように口元を押さえている。目元を押さえて蹲る者もいるようで、なんだか食堂の雰囲気じゃない。

その中で唯一異質なのが、バルテニオスの綺麗な金髪をぐしゃぐしゃにしているアエロアだった。

「……何、この、可哀想で悲惨な過去自慢合戦……」

「アエロア？　バルテニオスさんの髪が大変なことになってるんだけど」

「……ああ、ソフィアの作ったレース編みみたいな惨事になってるねぇ」

どうでもいい感じで手元を見るアエロアは、どうでもいい感じで言う。バルテニオスの綺麗な金髪は一つに纏《まと》められているのだが、見るも無惨な状態になっていた。

「ミハエルは良い子なんだっ……なのにどうしてっ、奥方までっ」

「……双方、気にしてないみたいだから、いいんじゃないかな？」

バルテニオスとアエロアの会話を聞いて、ソフィアはミハエルを見て首を傾げる。ミハエルも同じように首を傾げているから、この状況は放っておいても良いヤツなのかもしれないからだ。

だって、気を取り直したミハエルが、食事を勧めてきたから。

「あ、冷めないうちに……一応、トマト煮は得意のつもりなんだけどね」

「え？　あ、ああ、そうね」

何が起きたのかとか考えている場合じゃないと、ソフィアは腕を伸ばそうとして冷や汗を掻く。

動かない。そうだった。動けないんだった。

ひくひくっと、耳が揺れる。ぱたりぱたりと、苛立ちのまま尻尾を振りたいのに布に阻まれて動かせない。

そんな状況なのに、ミハエルはソフィアの動く耳を見て固まっていた。

ミハエルの視線が、ひくひく動く耳に集中している。そわそわと身体を動かし、必死に目で追っている。

イラっときた。こっちは動けないというのに、そんなに耳が気になるのか。人の世界では珍しいモノだろうが、人にだって耳はついているじゃないか。眉間に皺を寄せたソフィアは、じっとりとミハエルを睨む。

「……ねぇ？　そんなに気になるの？」

「え？　あ、ああ！　トマト煮！　トマト煮だね！」

心に疚《やま》しい何かがあると、どうにも挙動不審になると、ミハエルが教えてくれた。

バシュっと凄い速さでトマト煮を掴み、ソファでクッションに埋もれるソフィアの前に来る。動けない状況を作ったのはミハエルなのに、スプーンの入った皿を目の前に出されて顔を顰める。

「……ちょっと」

「あ、え？　うん！　はい！　あーん！」

にっこりと笑って口元にスプーンを差し出してくるミハエルは、かなり混乱しているのではないかとソフィアは思った。

違う。そうじゃない。動けないから三枚ぐらい服を脱がせて欲しい。具体的に言うと、ミハエルの服を脱がせて欲しい。最悪、このストールだけでも外して欲しい。

そう言うつもりでミハエルを睨んだソフィアは、思わず口を開けたまま固まった。

「えっと、トマト煮、嫌いだったかな？」

「……そんな顔しないでよ」

しかも、周りは口元を押さえたまま、じっとミハエルとソフィアの動きを見守っている。バルテニオスもぐしゃぐしゃの髪のまま見てくるし、アエロアはにやにや見てくる。物凄く期待に満ちた視線に、ソフィアは溜め息を呑み込んだ。

だから、違う。そうじゃない。動けないだけだ。食べたくないのではなく、動けないだけだ。

でも、言えるだろうか。肌着に寝間着に厚手のカーディガンにミハエルの上着三着。その上からストールで巻かれているから動けないとか言えば、どうしてそうなったと聞かれるに違いない。

アエロアに言うのも屈辱的だったというのに、この歳で下着を穿かせてもらったと、皆の前で言うことはソフィアには無理だった。

「……あ～ん」

「はい！　あーん！」

口の中に入ってくるトマト煮に、ソフィアは目を丸くしてから、ほにゃりと顔を綻《ほころ》ばせる。美味しい。何コレ、凄い、美味しい。これを作ったのかと、ソフィアはミハエルを見つめた。

「美味しい……」

「そう！　良かった。こっちのサンドイッチも美味しいと思うよ！」

これはまずい。ミハエルは心の中が顔に出るらしい。

食べてもらえて、ほっとする。美味しいと言われて、安心する。そんなミハエルを見て、ソフィアですら口を開けないという選択肢はなかった。

周りも嬉しそうなのがいけない。涙ぐんでいる者すらいるのを、ミハエルは気付いていないのだろうか。

でも、下着を穿かせてもらうよりは、断然マシだ。このぐらい、なんでもないと悟って、ソフィアはミハエルに食べさせてもらった。

ソフィアは、ぐんにゃりとクッションに埋もれる。

結局、はっきりと言えなかった。上着三着にストールで巻かれた身体が動かないと、言えなかった。寒い城だから暑くはないけど、さすがに動けないのは辛い。

「何か飲むかな？　それとも、どこか行きたいとかある？」

「……特に、ないわねぇ」

どうして言えなかったのか、そんなのは簡単だ。

この顔に負けた。ミハエルの顔に負けた。にこにこと無邪気に微笑み、嬉しいと隠すことなく幸せを駄々漏《も》れにする顔に負けた。

だから全部を諦めたと、ソフィアは溜め息を吐く。

食事は最後まで食べさせてもらった。涙ぐんでいるバルテニオスと、にやにや笑うアエロアを置いて食堂を出る時は、当たり前のように抱っこだ。

そして、部屋に戻ってきてクッションに埋もれる。

「珈琲《コーヒー》と紅茶。お酒も用意できるし、ハーブティーもいいよね」

「……そうねぇ」

何がそんなに嬉しいのかと、ソフィアはミハエルを見つめた。

ほんにゃりというか、ウキウキというか、ミハエルはちょっと幸せが駄々漏れの笑顔になっている。

おかしい。アエロアと話をしている時は、それなりに好青年っぽく感じた。街の者と話をしている時は、城主っぽい感じがした。使用人と話をしていてもおかしくないのに、どうして自分にだけこんなに変な感じがするのだろうか。

もしかして、やっぱり裏があるのかと、ソフィアはじったりとミハエルを見る。

そういう性的嗜好《しこう》を持つ男はいた。人形のように愛でたいという嗜好。愛玩動物ならば首輪で繋がれる程度だが、人形を愛でる嗜好は動けなくするから困る。足の腱《けん》を切られそうになったこともあるし、痺《しび》れ薬を盛られそうになったこともある。

「ああ、馬に乗って森に行ってみる？　今は、なんの果物が採れたかな？」

「……ねぇ」

「うん？　ソフィアちゃんは何がいいかな？」

にこにこと笑うミハエルに、ソフィアは顔を顰めた。

痛くない。切られてない。薬で壊されてもいない。身体を損なわないのなら、それでいいと思っていた。

逃げられない結婚。逃げてはいけない結婚。今まで育ててくれた家に恩返しができる結婚は、これが一番だとわかっている。

でも、動かない人形のようなソフィアがいいのなら、そう言って欲しかった。

「私、動けないんだけど……」

「……………え？」

「貴方が、何枚も服を着せるから、動けないの」

「…………………………え？」

動くなと言うのなら、動かないでいる。声を出すなと言うのなら、声を出さない。人形のように大人しくしているから、無理矢理は止めて欲しい。

そう言うつもりだったのに、ソフィアはミハエルを見て声を呑み込んだ。

だって、固まっている。ビキリと音がしそうなほど固まって、どんどん顔色が青くなっていくのがわかる。

「ぼ、僕が、服を着せすぎた、か、ら？」

「……今朝のことなら、仕方がないと思うの。ほら、私も悪かったし」

さすがに、ここまで青くなられてしまえば、ソフィアは謝るしかなかった。

どうにも考え過ぎたらしい。ミハエルに裏があるとか、ない。性的嗜好なんて、そんな大それたことは考えていないだろう。むしろ、そんなことを考えた自分が穢らわしいと虚しくなる。

さっきまで楽しそうに茶を選んでいたミハエルは、同じ方の手足を一緒に動かしながらソフィアに近付いて来た。

「ごめんね！　いっ、今、脱がせるからねっ！」

「……あ、うん。三枚ぐらい脱がせてくれるかしら」

ぎゅっと目を閉じたまま手を伸ばしてくるから、ソフィアは溜め息を吐いてミハエルの手を誘導する。もうちょっと前だとか、右だ左だとか、そこは耳だから引っ張らないでと、声で教える。

もそもそと脱がせてもらって、ようやく腕が動かせるようになったと息を吐いた。

結構、きつかったが、痺れたりしていないようで良かった。手を握ったり開いたりしてから、腕を回してみる。腕が動かせるのならと、自分でズボンを脱ごうとした時、ミハエルがぽつりと呟《つぶや》いたのが聞こえてきた。

「ごめんね……」

どうしようもなく落ち込んだ声に、ソフィアの方が慌ててしまう。ズボンを脱ごうとしていた手が止まり、ミハエルを見てさらに慌てた。

これは、まずい。本当に、まずい。生きる気力すら抜け出てしまったようなミハエルに、ソフィアは慌てて慰めた。

「え？　えっと、気にしないで。厚意で着せてくれたってわかってるから」

「うん……でもね、その、勘違いしちゃって……」

ミハエルは囁くように謝りながらカップを握っている。何を入れるつもりだったのか、金茶の瞳でカップの底を睨んでいる。

ちくちくと、胸が痛いのは何故だろうか。苛立ちなのか。同情なのか。それとも、罪悪感だろうか。

こっちは、この歳になって他人に下着を穿かせてもらうという屈辱を味わわされたというのに、どうして罪悪感を覚えなきゃいけないのかと顔を顰めた。

「……勘違いって？」

「あ、甘えて、くれている、のか、と……思って、た……」

異世界に来てしまったのではないかと思うのは、こういう時だろう。想像もしていなかったことを言われて、ソフィアは顔を顰めたまま驚く。

どうして、ここで甘えとかいう単語が出てくるのか。それすらわからない。甘えるというのは、どういうことだったのか。それすらわからなくなってきた。

「……は？　えっ⁉　あ、甘え⁉」

「立ち上がらないし歩かないし、抱っこして欲しいのか、と……」

泣きそうな顔で笑うから、ソフィアは息を呑む。悲しい気持ちや、残念な気持ちを隠しもしないで、申し訳なさそうに言うから硬直してしまった。

なんで、こんなに単純なのだろう。なんで、素直に顔に出してしまうのか。しかも、ソフィアを責めないで、勘違いした自分を責める。それが演技などではなく、本気で思っているとわかるからソフィアは動けない。

「本当にごめんね。僕にお嫁さんが来るんだって、舞い上がってたみたい」

「………」

「えっと、僕の噂も知っていると思うんだけど……大事な人とか、できないと思っていたからね」

ああ、駄目だ。コレは、駄目だ。

悲しそうなくせに、羨ましそうに笑うから、ソフィアは溜め息を呑み込んだ。

自分は、こういうのに弱かったのか。こういうのが、逆らえないのか。むしろ、こんな生き物がいていいのだろうか。この見た目で、コレは反則だと思うのだがどうだろうか。

罪悪感を刺激されて、全てを諦める。母性本能なんてないと思っていたけど、そういうものかもしれないと、全部を諦める。

予定通りだ。諦めようと思っていたじゃないか。まったく違う理由だけど。後ろ斜めに駆け抜けた想像もしなかった理由だけど。結果は同じだ。

「………………まぁ、そう、ね。私にも、こんなに、その、優しい、えっと」

「え？　や、優しいかな？　凄い失敗もしているし」

しかし、どうにもどうしていいかわからない。本当にわからない。こういう時にはどうすればいいのか、経験がないからわからない。

仕方がないじゃないか。諦めることには慣れていても、こういう状況で諦めることになるとは思っていなかった。

だから、わからない。誰かを慰めるだとか、わかる筈がない。

「………………その、ほら、服を着せてもらうとか、この歳でって思うけど、昨日は私が悪かったから、だから」

「そんなことないよ！　僕がっ、僕がソフィアちゃんの気持ちに気付いてあげられなかったのがいけないんだよ！」

必死に自分を責めるミハエルに、ソフィアの混乱も最高潮に達した。

どうしろと言うのか。そういえば、アエロアが言っていた。もう猫を被らないで地でいけ、と。素っ頓狂で捻くれて拗くれてこじれまくった素を見せて嫌われる勢いでぶつかっていけ、と。よく考えると物凄く失礼なことを言われていたと思い出した。

「……ねぇ？　ミハエル」

「なっ、何かな⁉」

腹の中をぶちまけてしまえばいい。言わなければわからない。言われてもわからないけど、言えばわかるかもしれない。

「あのね。私は家の為にココに嫁ぎに来たの。家に都合がいいから、ココに来たのよ」

「……え？」

固まって青くなったミハエルの顔が、くしゃりと歪む。悲しそうな目で見つめてくるから、ソフィアは笑った。

「ミハエルも王様の命令で私を娶ったのでしょう？　私は帰る場所がない。ミハエルは私を追い出せない」

「そ、そんなことっ……」

「私達の意思は必要ないのだから、好きなことをしましょう？　ね？」

ここで本音を言えば、きっとミハエルは泣くだろう。男なのに、きっと泣く。しかも、自分が泣かしたことになる。

お互い好きなことをしようとか。他に女を作れとか。私に構ってくれるな、とか。

それは、ソフィアにはできそうになかった。

本音を言うことは、無理だと思う。この男の悲しそうな顔は、胸が痛くなる。それはもう、チクチクと地味に痛くなる。

「仕方がないからでいい……仲良くしましょう？」

「……え？　え？」

目を丸くして驚くミハエルに、ソフィアは意地悪く笑った。

本当に純粋というか単純というか、素直で真っ直ぐで嫌みなぐらいに拗れていない。どうやったら、ここまで綺麗な心に育つのか。ソフィアにとっては異世界で異次元だが、凄いことだというのはわかる。

だけど、それを憎々しいと思うほどソフィアは捻くれてはいなかった。

「私と仲良くするのは嫌かしら？」

「そっ、そんなことはないよ！　仲良く……仲良くしてくれるの、なら、嬉しい」

なんだか可哀想なぐらい素直だと思うのは、ミハエルの視線がソフィアの耳に向かうからだろう。

色々と考えていたせいか、どうやらソフィアの耳はピクピクと動いていたらしい。それが気になるのか、ミハエルはそわそわとソフィアの耳を見ている。

だから、そっと自分の頭に手を伸ばして、ぴくりと動く耳を触った。

「……触れたいんでしょう？　好きに触っていいのよ？」

「で、でも……触られたく、ないんだよね？」

「痛くしないでくれるのなら、構わないわ」

ほらほらと、誘うように耳を揺らす。多分、きっと、ミハエルに触られても気持ち悪くないだろう。

わからないのは不可解だけど、嫌いじゃない。ミハエルは今までの男とは違うから、きっとソフィアの中の何かも変わるような気がする。

「……嫌がることをしたいとは、思わないよ」

なのに、ミハエルが悲しそうに笑うから、ソフィアは苛々っときた。

そういえば、昨夜も触ってくれなかったことを思い出す。決死の覚悟で下半身丸出しになったというのに、何もされなかったと思い出す。

「………私は、そんなに魅力がないのかしら？」

「そっ、そんなことはないよ！」

ミハエルは慌てて否定するけど、ソフィアのプライドは粉々だった。

なんていうか、自分は物凄い自惚れ屋だったのかもしれない。実は、そんなに魅力のない生き物なのかもしれない。今までの男達に効いた魅力は、ミハエルに通用しない。

それがなんだか、イラっとした。

プライドも女としての魅力も、なんの役にも立たないと思っていたけど、こうも無視されると虚しくなる。

しかし無駄に攫われ続けたソフィアは、どう言えば相手が乗ってくるのかを知っていた。

こういうことを言ってはいけない。こんなことを言えば、相手はさらに調子に乗る。

「……そうよねぇ。昨夜だって、何もされなかったし。耳や尻尾はヒトにはないものだから、気持ち悪いのかしら？」

「ソフィアちゃん‼」

今まで言わないようにしてきた言葉を使えば、慌てたように近寄ってきて、ミハエルはソフィアを抱き締めた。

どうしよう。ちょろい。あまりにも、ちょろ過ぎる。こんなに、ちょろくていいのだろうか。本当に今まで無事に生きてきたことが驚きだ。

「そういうことは言っちゃ駄目だよ！　君は可愛いし！」

「……そう？」

「そうだよ！　ぼ、僕のお嫁さんなんだからね！」

ぎゅうっと強く抱き締められて、ソフィアは心の中だけで笑った。

悪くない。この男なら、きっと嫌だと思わないだろう。単純というか、純粋というか、ちょろいせいか可愛いとさえ思える。

アエロアがあれだけ怒って慣れろと言ったのは、これ以上の結婚相手はいないとわかっていたのだろう。

「……恥ずかしいけど、あのね」

「なぁに？」

「僕は、その、お嫁さんにというか、結婚に夢があってね」

はにかむように笑うミハエルに、ソフィアは諦めようと心に決めた。

そうだ。元々、諦めていた。意味がわからなくて諦めるとか考える暇がなかったけど、この結婚は、どうせ、誰かに嫁がなければならないのなら、今まで育ててくれた家の為になる結婚をしたいとソフィアが望んだものだったのだ。

これは、破格の縁談だ。ソフィアに来る縁談に、こんな高望みができるとは思わなかったぐらいだ。

だから、どんなことでも耐えられる。どんな仕打ちも我慢できる。苦痛も、嫌悪も、嘔《おう》吐《と》も、屈辱も、辱めも。何もかも呑み込み諦められる。

「誰もが羨む仲の良い夫婦になりたいんだ！」

なんとなく、別の意味で色々な苦行が残されているような気がしないでもないけど、これぐらいなんでもないと思うことにした。

キラキラと輝く笑顔で言うミハエルに、ソフィアは無理矢理笑顔を作る。口元が引き攣《つ》った感じがしたが、これは仕方がないだろう。

「…………そうね」

「ほら、絵巻物にあるような幸せな夫婦になろうね！」

「…………そうね」

色々と諦めたソフィアは、取り繕《つくろ》った笑顔を真顔に戻した。

無理をしなくてもいい。媚《こ》びる必要はない。ご機嫌伺いをしなくても、ミハエルはご機嫌で仲良くしてくれるだろう。

誰もが羨む仲の良い夫婦というのが、どういうモノなのかソフィアにはわからない。

絵巻物にあるような幸せな夫婦というのが、どういうモノなのかソフィアには想像もできないが、諦めてミハエルの背に腕を回した。

第四章　旦那様の本心は？

世の中は不思議に満ち満ちている。

ソフィアは真剣に世の中の不思議を思った。それはもう、海よりも深く山よりも高く、物凄く不思議だと目の前にいるミハエルを見る。

「……私の、髪？」

「うん！　初めて会った時から手入れしてみたかったんだよ！」

ミハエルのキラキラした目が眩しい。ほんの少しだけ頬が紅潮していて、期待に満ちて希望に溢れている雰囲気が輝かしくて不思議だった。

確かに、ソフィアは言った。お互いに離婚はできない。離れられないのなら好きなことをしようと言っていた。

そして、確かにミハエルは言った。誰もが羨む仲の良い夫婦になりたい。幸せな夫婦になろうねと言っていた。

それは、こういう意味だったのだろうか。

しかし残念なことだが、ソフィアには男と仲良くした経験がない。両親は仲の良い夫婦だと思うが、ソフィアの前でイチャイチャするようなことはなかったので参考にはならないだろう。

ならば、これが、普通なのだろうか。仲の良い夫婦というのは、コレが普通なのか。

仲の良い夫婦って不思議だと思いながら、ミハエルの言葉を繰り返した。

「……私の髪の手入れ？」

「うん！」

何が楽しいのか、ミハエルは嬉しそうに言う。櫛《くし》を用意して、テーブルの上に何種類も並べられたオイルを説明してくる。

「ソフィアちゃんの髪は、ふわふわだからね！　このアプリコットオイルなんか合うと思うんだ！」

「……アプリコットオイル」

ミハエルの口から聞き慣れない言葉が飛び出して、ソフィアの何かを引っ掻いていった。

なんだ、ソレは。アプリコットオイルとか、どうしてそんな物を男が知っているのか。

ミハエルはウキウキとアプリコットカーネルがとか言っているが、アプリコットオイルではないのか。

そうか。引っ掻かれたのは、ソフィアの女子力だろう。女子力にダメージを負った気がする。

「カモミールとベルガモットで香りをつけたんだよ！」

「……カモミールとベルガモット」

お茶としてしか知らない名称を挙げられ、ソフィアの女子力は致命的なダメージを受けてしまい粉砕《ふんさい》した。

しかし、何も言えない。髪に椿油《つばきあぶら》すらつけないソフィアには、今のミハエルに太刀打ちできる術《すべ》はない。

しかも、髪を触られるというのに、嫌悪感を覚えないで困惑だけがムクムク育っていくのは、ミハエルに汚らしい欲望や邪気や後ろめたさがないからだった。

兎に角、真っ直ぐでキラキラしている。本当に眩しい。目が潰れそうで目眩を感じるぐらいに眩しい。

今まで自分を攫った男にも、髪に執着したものはいた。髪だけではない。手足や瞳に執着する男もいた。

でも、違う。このキラキラが違う。なんて言えばいいのかわからないけど、キラキラで眩しくて真っ直ぐで素直なところが違う。

ついでに言うと、自分よりも髪の手入れに詳しそうなのは何故だろうかと、キラキラしているミハエルを見つめた。

「……好きにしていいけど」

「いいのかい⁉　ありがとう！」

「……お礼を言うのは私じゃないかしら？」

溜め息を呑み込んだソフィアは、ミハエルが勧める鏡台の前にある椅子に腰を下ろす。

壊れ物を扱うように、大事にするように、恭《うやうや》しいとまで思える手付きでミハエルはソフィアの髪の手入れを始めた。

指先が髪を触る。櫛が髪を梳《す》く。それを、ぼんやりとソフィアは受け入れる。

鏡に映るミハエルを見ていたソフィアは目を閉じて、小さな溜め息を吐いた。

心地好《よ》い。気持ち良い。誰かに触れられるのが嫌いなソフィアは、初めて誰かに髪の手入れをしてもらった。

「こんなに、ふわふわなのに絡まないんだね」

「……そうねぇ」

なんだろう。どうして不思議なんだろう。手持ち無沙汰《ぶさた》のソフィアは、どうでもいいことを考える。

だって、なんとなく不思議に思う理由はわかっていた。

ミハエルは、ソフィアの知る男と同じではない。それが、不思議だし、気味が悪い。知らないことがあるのは不思議ではないとわかっていても、目の前に突き付けられれば不思議だと叫びたくなるだろう。その不思議なことに、常識や価値観が壊されるのは不安でしかなかった。

どうにかして納得できる理由をつけたいのに、どれも当て嵌《は》まらない。

最初は、境遇のせいだと思っていた。母しか頼れない状況だったのに、幼くして母を亡くした。そのせいで、ミハエルは女に母を求めている。だから、女に汚い欲望を抱かない。

でも、コレは違うだろう。

ならば、自分と重ねているというのはどうだろうか。可哀想に愛されなかった自分をソフィアに重ね、取り戻すように可愛がりたいのか。そこまで考えて、ソフィアは盛大に顔を顰めそうになった。

「オイルは少しにしようか？　この、ふわふわがなくなっちゃうのは勿体《もったい》ないからね」

「……そうねぇ」

馬鹿馬鹿しい。

こんなことを考えて、どうなるというのか。納得したからといって、どうなるというのか。意外と自分は諦めが悪いのだと知る。最悪なことには慣れているくせに、安全なことに慣れていない。

「……ソフィアちゃん？」

「……なぁに？」

心地好いけど手持ち無沙汰で暇な状態だと変なことを考えてしまい、ミハエルの問いかけに気のない返事をした。

だって、失礼なことを考えてしまった。自分だって、嫌だと思う。過去がこうだったから、こういう性格になったのだろうなんて、決めつけて欲しくない。

「やっぱり、髪を触られるのは、嫌なのかな？」

「……え？」

寂しい声が聞こえてきて、ソフィアが慌てて鏡を見れば、鏡越しにミハエルと目が合った。

櫛とオイルを持って、困った顔で笑っている。眉尻が下がって、悲しそうな顔をして、それでも笑っている。

どうしてだろう。どうしてなのかわからないけど、ソフィアは胸が締め付けられるような感じがした。

「耳がね、へたって、倒れちゃってるんだ」

「……これは、そういうんじゃなくって」

「可愛いんだけどね。凄い可愛いんだけど……」

へたって耳が寝ている時は嫌な時だと、ミハエルは勘違いしている。間違いではないが、正解ではない。

色々な感情で、耳や尻尾は動く。特に今回は、自己嫌悪に陥っていただけだと、ソフィアは鏡越しにミハエルを見つめた。

「……髪を手入れされるのが嫌なんじゃなくって、違うことを考えてたの」

「違うこと？」

それにしても情けない。自分はずいぶんと気を抜いているらしい。耳や尻尾まで神経を尖《とが》らせておくのは簡単なのに、それすらできていなかったのかと眉を寄せる。

男の傍にいて、こんなにも気を抜いたことがあっただろうか。男に触れられているというのに、ぼんやりと考え事をするなんてと、ソフィアは心配そうなミハエルに言った。

「……ミハエルも男なのに、全然違うなって」

「ち、違うかな？」

不思議そうな顔をして首を傾げるミハエルに、ソフィアは少しだけ眉を寄せる。

違うに決まっている。ミハエルみたいな男は見たことがない。もしかしたら、どこかにいるのかもしれないけど、少なくともソフィアは会ったことがなかった。

「普通の男はアプリコットだとかカモミールだとかベルガモットだとか言わないいんじゃないかしら？　食事を作ったり、編み物したり、それに……」

「それに？」

こくりと、ソフィアは唾を呑み込む。言葉の続きを促されて、ここまで言うつもりはなかったのにと、滑った自分の口を恨んだ。

本当に、気を抜いているらしい。口が滑るなんて、初めてかもしれない。アエロアならわざと悪口を言って口が滑っただとか言いそうだけど、ソフィアは黙っている方が楽だとわかっていた。

でも、言わなければならないだろう。鏡越しに見るミハエルは、悲しそうというか、しんなりというか、しょんもりしている。

このままでは誤解されたままになってしまうと、もごもごとソフィアは口に出した。

「……私を、変な目で見ない、から」

沈黙が痛い。鏡に映るミハエルは目を丸くしていて、さらにソフィアを苛《さいな》む。

だけど、仕方がないじゃないか。自意識過剰と言われても、それが当たり前だった。自惚れていると言われても、それが日常だった。

情けない気持ちで鏡越しにミハエルを睨む。なんとでも言えと、いっそ笑ってくれと思いながら、睨んでいたらミハエルが赤くなった。

「……え？」

「み、見てる、よ？」

「………は？」

ソフィアの耳が、ひくりと動く。

今、ミハエルはなんて言ったのだろうか。もしかして聞き間違いか。この至近距離で聞き間違いだろうか。

目を丸くしているソフィアに、真っ赤になったミハエルは畳《たた》みかけるように言った。

「だ、だって、ソフィアちゃんは可愛いし、ほら、僕のお嫁さんだし、変な目って、そういうことだよね？」

櫛とオイルを胸に抱いて、ミハエルは赤い顔で必死に言い募る。眉尻を下げて、下心がありますと言うミハエルに、ソフィアの顔まで赤くなってきた。

そうか。そうなのか。ミハエルにも下心なんてモノが存在したのか。今までのアレで、ソフィアを変な目で見ていたと言うのか。

気付かなかった。本当にマジで気付かなかった。

「僕だって男だからね？　男だからね⁉」

「……そ、そうね、そうよね、で、でも、その、そういう感じしないから」

「そっ、そんな四六時中《しろくじちゅう》そんな目をしてるなんて、そんなの駄目でしょう⁉」

ミハエルは真っ赤になり過ぎて涙目になっている。清く正しく美しくを体現したようなミハエルが、恥ずかしそうに言う。

どうしよう。本当に気付かなかった。むしろ、いつ、どこで、そういう目をしていたのかソフィアは聞きたくなる。

「……えっと、その、し、四六時中？」

「かっ、可愛いって思っているのは本当だよ！　それに不純な気持ちはないよ⁉」

「……あ、え？　うん？　不純な気持ちはないの？」

意味がわからないと、ソフィアは真剣に首を傾げた。

そういう目でソフィアを見ているのに、不純な気持ちはないと言う。男として、いやらしい目で見ていると言うのに、不純な気持ちはないと言う。

なんだろう。おかしいのだけど、ミハエルだと納得できてしまう気がした。

「きょ、教会の教えを守って清らかに節度を守って自分を律して格好良くしないといけないよね⁉」

「……えっと、よくわからないのだけど、その、わかるような？」

「それでもね！　僕だって男だからソフィアちゃんを！　そのっ、そういう目で見たりとか、その、したりするんだよ⁉」

どうしよう。本当に、どうしよう。

ソフィアは自分の顔が緩むのを感じて、ちょっと自分が信じられなくなった。

だって、おかしい。下心があると言われて、どうして自分は浮かれているのか。いやらしい目で見ていたと男に言われて、どうして自分は嬉しいとか思っているのか。

いや、その前に、ミハエルは本当に男なのだろうか。コレは、男でいいのか。真っ赤な顔で、いやらしいことを考えてますと言うミハエルに、ソフィアはなんだか負けているような気がした。

「……えっと、その、ミハエル？　落ち着いて？」

頭の中で鳩《はと》が飛んでいるような気がする。蛙《かえる》が合唱をしていて、人と竜が踊っていて、馬と鹿が焚き火でマシュマロを焼いているような気さえする。

早い話。ソフィアは混乱していた。それはもう、混乱の極みを極めていた。

でも、顔に出ない。冷静にミハエルを諭しているように見えるが、ソフィアは真剣に混乱している。

「……お、落ち着いて、その、ミハエルの淹《い》れてくれたお茶が飲みたい、な？」

「あ、お茶、お茶だね！　ちょっと待ってて！」

櫛とオイルを置いたミハエルは暖炉に向かって走るから、ソフィアはほっと息を吐いて肩を落とした。

何が、どうして、どうなったのか。

男に下心があると言われて浮かれる自分は置いといて、ミハエルにその気があるのは喜ばしいことだろう。

だって、ソフィアは離婚するつもりはない。この結婚を終わらせるつもりはない。だから、ミハエルにその気があるのは助かる。ここで、ソフィアを性的な対象として見ることはできないとか言われたら困るから、浮かれても仕方がないことにした。

そうだ。ソレ、だ。嬉しいと思っても仕方がない。

それにしても、とソフィアは必死にお茶を淹れているミハエルを見た。

「ミルクティーにしたよ！　砂糖はどのぐらい入れる？」

「……あ、砂糖は、いらない、かな？」

まだ、ミハエルは赤い顔をしている。お茶を淹れながら自分の頬を撫でているのを見ると、ソフィアの胸にムズムズとした何かが湧き上がる。

なんだろう。この気持ちは、なんだろう。

「うん。わかった。お茶請けにフィナンシェがあるから、砂糖がない方がいいかもね」

「……え、あ、そ、そうね。フィ、フィナンシェ？」

「朝食のついでに焼いておいたんだ。口に合えばいいんだけど」

こてりと、赤い顔で首を傾げるミハエルに、ソフィアは慌てて口元を押さえた。

胸がきゅうっと絞られるような感じがする。ムズムズは酷くなり、口角が上がるのを止められない。

どうしよう。可愛いかもしれない。男だというのに、可愛いと思ってしまった。

立派な成人男性の姿をしているミハエルが可愛い。背も高く、筋肉もあり、精悍な顔つきをしているミハエルが可愛い。

どうしてだろうか。ミハエルは男だ。どこからどう見ても、立派な男だ。男が可愛いなんて、もしかしたらソフィアは壊れてしまったのかもしれない。

いやいや、これも仕方がないことなのかもしれないと、ソフィアは誰に言い訳をしているのか心の中で頷いた。

だって、ミハエルだし。今までの常識や普通を壊すミハエルだし。何も、おかしいことはない。不思議だ、不思議だ、そう思っていたのだから、もっと不思議なことが起きても何もおかしくない。

「甘い物は嫌いかな？」

「……特別、好きではないけど、嫌いじゃないわ。ミハエルの作る物はなんでも美味しいから」

「そ、そう!? う、嬉しいなぁ！」

ミルクティーとフィナンシェを載せたお盆を持ち、はにかんで幸せそうに笑うミハエルに、ソフィアは心臓を押さえた。

ああ、もう、駄目だ。認めよう。ミハエルが可愛い。

しかし、可愛いけど、コレはまずい気がする。なにせ、女子力というか、乙女度というか、女としての何かが負けている。

確実に、真剣に、本気で、負けていた。

言い訳も通じないぐらいに負けている。アエロアが横にいたのなら、突っ込みを入れられるぐらいに負けている。

そんなことを考えていたせいか、いつの間にか開かれていた扉の所にアエロアとバルテニオスが立っていることに気付かなかった。

「……うわぁお……ソフィアが赤面してニヤニヤしながら男と見つめ合ってる……」

「ち、違うんだ！　俺は夕飯を何にしようか聞きにきてっ、ノックをしたんだが返事がないからってアエロアがっ！」

いつの間にと、ソフィアは目を見開く。ノックの音にも気付けなかったけど、扉が開く音にも気付けなかった。

恥ずかしいというよりは、衝撃的で心臓が止まりそうになる。いつ来たのか、どこから見ていたのか、聞きたいことは山のようにあるのに、ソフィアは口をぱくぱくさせるだけで何も言えそうにない。

だって、アエロアが驚いている。驚いて硬直している。

珍しい驚愕顔のアエロアに、コッチだって驚いていると叫びたくなった。

でも、アエロアとバルテニオスが突然来て驚いた筈のミハエルは、お盆とソフィアと扉の方を何度も見て、にっこりと笑う。

「ミルクティーでいいかな？」

「……あ、お構いなく。馬に蹴られて死にたくないんで」

「アエロア！　俺達が勝手に扉を開けてしまったのがいけないんだよ!?　なかったことに

してくれるミハエルの気持ちを汲《く》んでくれ‼」

真顔で断るアエロアに、バルテニオスの突っ込みが冴《さ》える。ミハエルの気遣いを無駄にしながら、突っ込みが冴えている。

「………」

だけど、ソフィアは何も言えなかった。

言える筈がない。そうでなくても混乱していたのに、さらに混乱する要素が入ってきたら許容範囲を超える。

「……ミルクティーを淹れるね？」

「いえ。帰りますんで、私達のことは忘れて続きをどうぞ」

「アエロア！　ミハエルが真っ赤じゃないか！　ちょっとは優しさとか思いやりとか気遣いを見せようじゃないか！」

もう、本当に、どうしようもなく混乱した空気が流れていた。

第五章　天国すぎてヤバいかも?

戦いとなれば最前線になる城は、朝と夜が寒い。厚い石の壁に床。昼間、太陽が上っている時間でも、どこかひんやりとしている。

寒いのは嫌いだった。でも、寒いということは、空気が綺麗だと知る。星が降ってきそうなぐらいに輝き、遠くの山々まで見渡せる。

嫌いなことでも、好きなところが見付かるらしい。好きなところが見付かるぐらいに、この城にいるということなのか。

そして、どんなことでも慣れるのだと、ソフィアは身をもって知った。

「痛くないかい？」

「……ええ。大丈夫、よ」

朝はミハエルに起こしてもらう。目を開ければ花の香りのする湯が用意されていて、顔を洗ってからミハエルに髪を梳《と》かしてもらう。着替えをする間にミハエルが湯を下げてくれて、この至れり尽くせりぶりに目眩すら感じた。

申し訳ないというより、屈辱すら感じる。この程度、自分にだってできると意気込んでみても、ミハエルより先に起きることすらできない。

「ソフィアちゃんの髪は、ふわふわだね」

「……ええ。ええ。そうでしょうとも」

ソフィアの自慢の髪ですら、結局ミハエルが手入れしていた。

なんだろうか、これは。奉仕癖とでも言うのか。それとも、奴隷気質《かたぎ》と言ってもいいのだろうか。甲斐甲斐《かいがい》しいなんて通り越していると、ソフィアは溜め息を吐く。

「……ねぇ、次は私の番でしょう?」

「え?　僕は自分でできるよ?」

こうやってソフィアに何もさせないミハエルに、ちょっと苛々が爆発した。

何だ、ソレは。コレは、アレか。ソフィアを駄目にする作戦なのか。それとも、人形遊びの変形バージョンなのか。

ソフィアを人形にして手元に置きたいという男はいた。動かない。喋らない。表情を変えない。まさに、人形のようなソフィアを望んだ。

元々、何もかも面倒臭いとだらけているソフィアはあまり動かないし、男と喋るのも面倒だから無表情で口数も少ないせいか、そういう男が勘違いしたのだろう。

しかし、変形バージョンのミハエルは一味違った。

「……私だって自分でできるのっ！　ミハエルが私の髪を整えるなら、私だってミハエルの髪を整えるわよ！」

こうやってソフィアが怒ると、うふふとミハエルは幸せそうに笑う。

どうやら、ソフィアの色々な顔を見たいらしい。無感動無関心無表情で気怠《けだる》げにしているから、ぷりぷり怒るソフィアが可愛いとか言う。

おかしいだろう。怒るなんて何年ぶりだろうか。むしろ、自分はこんなことで怒るのかと驚いてしまった。

「でも、ソフィアちゃんの髪は長いからね。僕は短いから簡単なんだよ？」

「簡単でもいいの！　もう、ミハエルばっかり動いてるじゃない！」

気が抜ける。素を出して接することができる。アエロアの言葉を守っている訳ではないが、猫を被らなくていいのは楽だった。

だが、どうだろう。

コレは、いいのだろうか。本当にコレでいいのだろうか。

もう、女としてのプライドだとかは色々捨てている。今更という感じがするし、炊事洗濯掃除に編み物ができるミハエルに張り合える訳がない。

「ほら、櫛を貸して！」

「じゃぁ、お願いしようかな」

「……寝癖の一つぐらい残しておいてよ」

「そんな格好悪いところ、ソフィアちゃんに見せられないよ」

ふふふと、嬉しそうに笑うミハエルに、ソフィアは敗北感と危機感と焦燥感《しょうそうかん》を噛み締めるしかなかった。

確かに、今までとは違う。こんな男を、ソフィアは知らない。こんな男が存在していたなんて、初めて知った。

だって、まず下心がない。邪《よこしま》な感じがない。いやらしい空気もない。本人は下心はあると言うが、どこにあるのかと聞きたくなる。

ソフィアは、男と枕を並べて寝るという現状に目眩を感じていた。

そう。枕を並べて寝る。比喩《ひゆ》ではない。そのままだ。枕を並べて寝るだけだ。手を繋ぐことすらしない。おやすみのキスはするけど、頬や額だった。唇にキスすらしたことがない。

有り得ないだろう。

アエロアが口を開けて目を見開いて硬直して、ちょっとしてから『当たり前のことかもしれない！』と叫んだのはいつだったか。それから数時間後に、いきなり『結婚式挙げてるんだから当たり前じゃなかった！』と叫んだのだと思い出した。

アエロアの何か言いたそうな目を覚えている。何も言わなかったけど、何を言いたいのかはわかっている。

もう、結婚式は終わっている。ソフィアとミハエルは夫婦だった。

「……ねぇ、今日はどうするの？」

「西の水路の調子が悪いって言ってたから、僕は少し見てくるよ」

「……私も行く？」

「ソフィアちゃんは待ってて。直すなら、力仕事になるからね」

ミハエルは笑って言うけど、ソフィアは櫛を握り直す。自分がどれだけ何もできないのかわかって、情けなくて悔しくて恥ずかしかった。

言い訳をするなら、こんなことで悩む日が来るとは思わなかった。何もできないと悩むのではなく、何もできないと諦める。何もさせてもらえない日々になるだろうと諦めていたけど、何もさせられないぐらいに何も知らないなんて思わなかった。

畑など、知らない。水路だって、知らない。家畜だって、料理だって、掃除だって、知らない。

野菜なんて買ってくればいいじゃないか。水は蛇口《じゃぐち》を捻れば出る物だと思っていた。肉だって買ってくればいいし、食事などは料理人を雇えばいい。掃除だって使用人の仕事だろう。ぶっちゃけ、この顔と身体で乗り切れると思っていた。

「……ち、力仕事」

「あ、駄目だよ？　この間、日差しに倒れたでしょう？」

「……力仕事の前の話よねぇ」

自惚れだと笑えばいい。自慢かと蔑めばいい。自意識過剰だと、誰かに張り手と一緒に突っ込んで欲しかった。

だって、想像とあまりに違う。不幸自慢をしたい訳ではないが、自分の過去を振り返ってみても、こんなことが起こるとは思わなかった。

犯されるだけだと思っていた。嬲られるだけだと、いたぶられるだけだと、責められるだけだと思っていた。

なのに、どうしてだろう。ソフィアは、物凄く馬鹿で何もできない情けない嫁だった。

「……糸を紡《つむ》ぐのは、まだ無理だから……機織り、して待ってるわ」

「ソフィアちゃんの織る布は綺麗なのにしっかりしていていいよね」

「……力の入れすぎだって言われたんだけどねぇ」

情けなくて、死ねるかもしれない。後ろめたくて、穴掘って埋まりたい。

でも、何かを学ぶことは楽しかった。

唯一できたのは針仕事で、刺繡《ししゅう》や編み物は得意だったから機織りも楽しい。糸紡ぎも、染色も、やってみたいことは多い。

問題は、不器用で大雑把で、何も経験したことがないということだった。

「それじゃぁ、朝食にしようか」

「……そうねぇ」

別に、経験したくなくて、経験しなかったのではない。

男の目を避けていたソフィアは、必然的に家にいることが多くなる。学校は仕方がないから通ったが、それはもう大変だった。

きっと、ソフィアの家族も大変だっただろう。学校関係者ですら何度もソフィアを攫おうとしたほどだった。

だから、仕事も男とのトラブルでどうにかなるのが見え見えで、家事手伝いという名の自宅待機というか軟禁《なんきん》生活だった。

理由が理由だったせいで、ソフィアは優遇されていたと思う。両親はなんでも買い与えてくれたし、姉達は買い物などに連れ出してくれる。弟妹はソフィアの部屋に来てお喋りをしてくれる。

そんな状況で、何か経験ができるだろうか。炊事洗濯掃除ですら、ソフィアはさせてもらえなかった。

だが、わかっている。これは、言い訳だろう。

「昨日、仕込んでおいた魚のマリネも気に入ってもらえると嬉しいんだけどね」

「……ミハエルの作る食事は、全部、美味しいから大丈夫よ」

そっと、ミハエルの手が伸ばされるから、ソフィアは苦笑しながら手を取った。

当たり前のように抱き上げられる。この歳になって抱き上げられて運ばれるのが慣れるなんて思わなかったが、片腕で抱き上げられている状況の方が驚きなので気にならなくなる。そんなに、自分は軽かっただろうか。小さいし細いという自覚はあっても、ひょいひょい片腕で抱き上げられると納得できなかった。

「いっぱい食べて、大きくなってね」

「……ミハエル。私は、もう、いっぱい食べても大きくならないのよ」

地獄に行くのかと思っていたら、実は天国でしたという現実に、ソフィアはどうしていいかわからない。

だけど、これは手放せないものだ。手放しちゃいけないものだ。アエロアが怒った時にはなんとなくしか理解できなかったけど、手放したくないと思う。

だって、嫌な目をする男が寄って来ないという天国は、本当にここしかない。

たぶん、ミハエルのお陰だろう。ミハエルが、あまりにミハエルの妻であるソフィアに寄って来ない。人柄、性格、境遇、現状、全てにおいてミハエルだから、ミハエルは奇跡だとソフィアは思っていた。

きっと、周りの者も同じように思っているのだろう。

ミハエルを悲しませることは、なんていうか、物凄く悪いことをしているような気になる。罪悪感が半端ない。極悪人よりも酷い地獄の使者にでもなった気さえする。

そんなミハエルの妻であるソフィアに手を出すということは、悪魔の誘惑か、天からの試練に等しいのかもしれなかった。

欲望に負け、悪魔に誘惑されるか。欲望に溺《おぼ》れ、天に断罪されるのか。

普通の倫理観を持っていれば、ミハエルの妻であるソフィアに手を出さない。取り繕わずに言えば、ミハエルが悲しむようなことをするのは良心が許さない。

だからこそ、ミハエルの妻という地位を手放しちゃいけないと思った。

「ソフィアちゃん？」

「……なぁに？」

でも、どうだろう。コレは、大丈夫なのだろうか。

抱き上げられるのにも慣れた。抱き上げられて運ばれるのにも慣れた。膝の上に座るのにも慣れたというのに、どうしてかソコから進展しない。

何が、いけないのだろうか。どこが、いけないというのだろうか。

ぶいぶい浮き名を流していたソフィアは、まさかの事態に溜め息しか零れなかった。

「疲れちゃった？」

「……目を覚ましてから……自分でやったことと言えば着替えだけなのに、疲れる訳がないでしょう？」

部屋を出て食堂に向かう。廊下で使用人達が、にこやかに挨拶をしてくる。もう、生温かい微笑ましいモノを見る目にも慣れた。恥ずかしさは突き抜ければ気にならなくなる。どんなことでも慣れるのだとわかっていたけど、本当に慣れたとソフィアは苦笑するしかなかった。

「じゃあ、寒いかな？」

「……ミハエルの編んでくれたセーターもカーディガンもあるのに、寒い訳がないでしょう？」

本当はまだ清らかな関係ですと、使用人達に言える訳もない。今時の子供だって、やる時はやると、ミハエルに言える訳もない。

このままじゃ駄目だと思ってはいるのだが、今の関係がソフィアにとって平和だから言えなかった。

「でも、ココに皺が寄ってるよ?」

「……眉間を撫でないで。寝起きだから、ちょっと機嫌が悪いだけなの」

「そう?」

当たり前だろう。ソフィアにとって当然のことだ。夫婦とはいえセックスしなくて済むのは、正直言って助かる。

だから、言えない。自尊心はバッキバキのボロボロだし、どうして手を出さないのかと苛々したりするけど、ソフィアには口に出せなかった。

「……別に、編み物に挑戦して失敗したから羨んでる訳じゃないから」

「ううん……レース編みが、タワシになると……僕でも教えられるか……」

でも、なんだろう。もぞもぞ、する。もやもや、する。なんて言えばいいのかわからないけど、なんかが引っかかっている。

なんだろう。喉に魚の骨が刺さっているような、歯の間に何かが挟まっているような、靴の中に小石が入っているようなむず痒《がゆ》さを感じた。

第六章　優しい指に蕩けそう♥

「……ねぇ、アエロア」

「はいはい。その前に、手紙が来てるよ」

機織りは複雑な模様でなければ機械的にこなせる。手を動かしながら話をするのは簡単で、ソフィアはアエロアに視線を向けずに手を動かす。

だけど、目の前に何かを差し出されてしまえば手は止まった。

「え？　手紙？」

「うん。実家からだねぇ」

糸から手を離して、アエロアの差し出す手紙を取る。嫌な予感しかしない。こんな辺鄙な田舎にわざわざ手紙を出すなんて、余程の事情があるに違いない。

手に汗を掻いて、ドキドキしながらソフィアは手紙を開いた。

「…………」

「なんて書いてあるの？」

「どうしても辛いなら帰って来なさい、って……」

アエロアが息を呑むのがわかる。ソフィアだって手紙を見て目眩を感じた。

今更、だ。今更だと思う。どうして、今なのか。いや、もしも相手がミハエルでなければ、喜んで返事をしただろう。

だけど今までとは違う。ソフィアはミハエルで良かったと心底思っていた。

今までと違う環境は、ミハエルのお陰だ。ソフィアが変わったというよりは、ミハエルが変えてくれたのだろう。

そう言えば大丈夫。辛くないから、問題はない。ほっと、息を吐いたソフィアは手紙を読み進める。

「……国王から紹介された顧客は摑んだみたい、ねぇ」

「……あ？　ああ、そうか。それか！　頑張るから、すぐだから、速攻でやるから、それまでお願いって何度も言われたのは、それか！」

何かの呪文かと思っていたと、アエロアは満足げに頷いていた。

この城に来る前。侍女でもなく使用人でもないアエロアを同行させると言ったせいで、ソフィアの両親は床に額を擦り付ける勢いで謝っていた。その時に、アエロアに言ったらしい。何度も何度もソフィアの両親に、それまでお願いと言われて、何がそれまでなのかと思っていたが、今謎が解けたとアエロアはスッキリした顔をしている。

「ソフィアの両親も強か《したた》だからねぇ……っていうか、ソフィアが攫われ過ぎて強かになっちゃったんじゃない」

「……そうねぇ……多分……」

ソフィアが嫁ぐ時、自分よりも悲愴な顔をしていた両親を思い出す。母は泣いていた。父は怒っていた。兄弟は卑怯《ひきょう》だと罵《ののし》り、姉妹はソフィアから離れなかった。

脅しか、圧力か。ソフィアの家に決定権はなく、命令のような結婚だった。

獣の世界ではそこそこ大きな商家でも、人の世界の一つの国に逆らえる訳もない。娘を嫁に差し出さなければ家を潰すと暗に言われ、両親を説得したのはソフィアだった。

自分が行けば、全て上手くいく。誰と結婚しても同じだ。結婚すれば、家に富をもたらす。こんなに有利な条件はない。

だから、だろう。こんな短期間で、人の世界の顧客を掴み、ソフィアの身を心配してくれる。

あの生贄《いけにえ》のような命令で、こんな生活が待っていたなんて、きっと誰もわからないだろうと苦笑した。

「見る？」

「見ていいの？」

「アエロアにも伝言あるから」

そっと、手紙を渡す。ソフィアについて行ってくれたことへの感謝と、ソフィアはすぐに我慢するから本当に大丈夫なのかと、色々と書かれている。

相変わらず、心配性だ。何枚もある手紙には兄弟姉妹からのものもあって、思わず顔が綻んでしまう。

ソフィア自身だって、こんな状況になるとは思っていなかった。

ここは、地獄ではなく天国だ。最良の相手に会えた。最初は不可解で不思議で異世界で異次元だと思っていたけど、今ではミハエル以外に嫁ぐなんて考えられない。

「……ねぇ、ソフィア」

「なぁに？　先に返事書く？」

「……そうじゃなくって。ソフィア、嬉しそうな顔してるけどさ、コレまずいんじゃないの？」

少し顔色を悪くしたアエロアに、ソフィアは首を傾げた。

何がまずいのだろうか。手紙はソフィアの身を案じるもので、心配性だと思えるのは今が楽しいからだろう。

今が辛くないのだから、大丈夫じゃないのか。辛いなら帰って来いと言っているのだから、辛くないから帰らなくてもいい。

「コレ、帰って来いってことでしょう?」

「……そうね」

「準備万端。脅されっぱなしじゃない。命令なんて断れる状況作ったから、安心して帰って来いってことじゃないの?」

「…………」

ずわわわっと、ソフィアは青くなった。

確かに今は辛くない。辛くないから帰らなくていい。だが、しかし。ソフィアが辛くないと言って、両親兄弟姉妹が信じるだろうか。

自分ですら、最初は混乱した。この現状が信じられなくて、そんな男がいるのかと驚愕して、倒れるんじゃないかというぐらいに混乱した。

ならば、現状を伝えても、信じてもらえないのではないのだろうか。むしろ、信じないだろう。ソフィアならば、安心させる為に嘘をついていると思う。

「……せ、誠心誠意、心を込めて、現状を伝え、る?」

「まぁ、信じないよねぇ」

ズバリと正論を言うアエロアに、そんな正論が聞きたい訳ではないと叫びそうになった。

でも、悲しいが、その通りだろう。誰も信じない。きっと信じない。絶対に信じない。

「アエロア。言って来てよ」

「うんうん。ソフィアの気持ちもわかるんだけど、私が嘘をついているって思われたらどうするの？　むしろ、あの悪路を往復しろって言うの？」

「……じゃ、じゃぁ、私が言いに行く」

「手紙すっ飛ばして帰って来たと思われるんじゃないの？」

どうしろと言うのかと、ソフィアは叫びそうになった。

帰る一択なのか。他に手はないのか。想像しなかったところから救いの手が伸びてきたが、その救いの手は欲しくなかった。

「ア、アエロアだって、この結婚を逃すなって言ったじゃない……」

「今でも思ってるけど？　アンタの性格を矯正《きょうせい》できるなんて、あの純真お坊ちゃましかできないと思うしねぇ」

どうしよう。どうすればいい。今まで育ててくれた恩返しで家に有利な結婚を選んだけど、今はココが一番安全で安心できる場所だとわかっている。

ああ、そうだ。ここは、安全だ。ミハエルの傍にいれば安心できる。きっと、この場所でなくとも、ミハエルがいれば安心だとソフィアは気付いた。

「……ど、どうしよう」

「手紙にしっかり現状を書いて、使いに言い聞かせて……それから……」

真剣に悩んでくれているアエロアを見て、ソフィアは自分の手を握り締める。

そうか。自分は安心するのか。もやもやするぐらい手を出してこないから、ミハエルが安全だというのはわかっていたけど、安心するのか。

最近、感じていたもやもやが解消される。もぞもぞ何かが引っかかっていた感じが、スルリと解けた。

「私、ミハエルが、好きなのかもしれない」

「…………は?」

「だから、ミハエルが好きなのかもしれない?」

アエロアの動きが止まる。呼吸まで止めてしまったのではないかと心配になるぐらい、全ての動きが止まる。

空気まで凍ったようになってから、錆《さ》び付いた歯車のように、ギギギっと音が鳴りそうな動きで、アエロアはソフィアに顔を向けてきた。

「…………………………かも、しれない？」

「たぶん」

「はぁっ⁉　今更っっ⁉　っていうか、かもしれないっ⁉」

冷静沈着というか、物事を冷めた目で斜めから見るアエロアが、口を開けて硬直している。この城に来てから、アエロアの面白い顔がよく見られるな〜と、ソフィアは現実逃避してしまう。

「アエロア。口、開いてるわよ」

「……私の口なんざ、この際、どうでもいいんじゃないかなっ⁉」

「そんな顔も珍しいわよね。最近はよく見るような気がするけど」

「誰のせいだと思っているのかなっ⁉」

額を押さえて俯《うつむ》いたアエロアに、ソフィアは首を傾げて溜め息を吐いた。

何をそんなに怒っているのか、意味がわからない。仕方がないじゃないか。男を好きになるなんて青天の霹靂《へきれき》だ。吃驚《びっくり》ドッキリだ。女を好きになる嗜好はないが、男を好きになる日が来るとは思いもしなかった。

しかし、安全と安心は、好きに繋がるのだろうか。でも、傍にいて安全と安心を感じるのは好きに繋がると思う。楽だとか落ち着くだとか眩しいだとか恥ずかしいだとか。男だけではなく、今まで誰にも感じたことのない感情だったからソフィアも気付かざるをえない。

ならば、手放しては駄目だろう。

どうすれば、両親にわかってもらえるだろうか。どうすれば、このままミハエルと夫婦を続けられるだろうか。

わからなくてアエロアを見たのに、まだ額を押さえて俯いたままだった。

「眠いの？」

「……ああ、うん。アンタが珍しく焦ってるって、今、気付いたわ」

「眠くないのなら、どうしたら両親にわかってもらえるか考えてよ」

はっきり言って、今の現状は自分でも信じられない。自惚れとか自意識過剰だとかを抜きにしても、過去の統計を取ればミハエルは特殊だろう。

しかも、興味がないのではなく、優しく甘やかしてデレデレのデロデロに可愛がってくるというのに、触れてこないのだ。

自分に手を出してこない男というだけでも珍獣扱いできる。城の主の妻ではあるが、それでも他の男が手を出してこないという状況も摩訶不思議《まかふしぎ》と言える。

たぶん、ミハエルがミハエルだからだろう。ミハエルのお陰だ。ついでに、ミハエルがあまりにソフィアを可愛がるので、他の男達は生温《なまぬる》い微笑ましいモノを見るような目になっているような気がした。

それを信じてもらうには、どうすればいいのか。本当に、どうしよう。

「……あ、愛玩動物扱いされているとか、どうかしら？」

「……はぁ？」

額を押さえて俯いていたアエロアが顔を上げてソフィアを見た。

意味がわからないという顔をされても困る。眉間に皺を寄せて、何言ってんだコイツみたいな顔をするのを止めて欲しい。

「そういう趣味の男は多いのよ。ペット遊びというのかしら？　たまに踏んで欲しいとか引っ掻いて欲しいとか叩いて欲しい、とか？　痛いことはされていないと言えば安心するんじゃないかしら？」

「待って。待って待って。安心できないから。無理だから」

首を傾げて顔を顰めたアエロアの顔色がぐんぐん悪くなっていった。

凄い。顔色が悪くなるというのは、青くなって白くなるのか。確かに、コレは顔色が悪いと言えるだろう。

「じゃぁ、硝子《ガラス》ケースに入れられて愛でられるだけって言うのは……」

「無理‼　全然ちっとも丸っと安心できないっ‼」

アエロアの悲鳴に似た抗議に、ソフィアは溜め息を吐いた。

否定ばかりで話にならない。否定するのなら、何か意見を出して欲しい。

大体にして、はっきり言えば、ソフィアにとってはミハエルの方が信じられない異世界の話だ。ミハエルの存在が、未知との遭遇だ。

純真無垢で素直で真面目で真っ直ぐで、うっかり怪しい壺とか買わされそうなぐらい初心《うぶ》で清らかな男だと、事実を言っても信じてもらえないだろう。

実際、この目で見ても、ミハエルの存在を信じられない。まだまだ、騙されているのではないかと、ちょっと疑ったりしていた。

「……そうねぇ。髪フェチというのは、どうかしら？」

しかし、ミハエルの不思議を考えている場合ではない。どうにかして、両親を説得し、さらに納得させなければならない。

「は？」

「髪にしか興味ないと言えば安心できるんじゃないかしら？」

「いやいや無理無理」

顔色の悪いアエロアに真顔で否定されて、ソフィアは首を傾げた。

そうか。駄目か。駄目なのか。髪は切られても伸びる。坊主にされても伸びてくる。痛くもないし苦しくもない。だから髪フェチはいいと思ったのだが駄目なのかと、ソフィアは必死で考えた。

「……じゃあ、派生で、足フェチ。足の一本ぐらいなくても安心でしょう？」

「ちょっと待ってっ‼　アンタ、どんな男に攫われてたのよっ⁉」

「駄目なら、手フェチ……」

「オチが見えたから言わないでっ‼　指でも一本は大事だから‼」

アエロアの顔色が悪くなる。青から白に変わったと思ったら、今は紫になっていた。

しかも、アエロアは物凄い顔をしている。目の前に幽霊がいると言われているような、後ろに幽霊がいると言われているような、見てはいけないモノを見ちゃったような顔をしていた。

「人形遊びが好きな男ならいたのよねぇ。でも、アレ、身体を動けなくするから安心できないと思うの」

「だからっ‼　私が泣きそうだから止めてっ‼」

「あ、私の目が俺を惑わすとか言ってる男が……」

「いやぁあああ‼　怖いっ‼　怖いっ‼」

ぐったりと床に転がったアエロアに、ソフィアはさらに溜め息を吐いた。

叫ぶだけじゃなくて意見を聞きたいのだが、それが望める感じではない。悲鳴を聞きたい訳でも、泣いて欲しい訳でもない。

そういえば、男に攫われたと言ったことはあっても、詳しい内容をアエロアに話したことがなかったと気付いた。

そうか。駄目なのか。今までの経験は、怖いことなのか。アエロアは意外とホラーやサスペンスやミステリーが好きだったと思うのだが、それでも駄目なのか。

でも、まぁ、どうでもいい。何か他に手はないかと考えて、ソフィアは床に転がるアエロアの頭を叩いた。

「ねぇ、ねぇ」

「……これから、ちょっとだけアンタに優しくするわ」

「そんなのどうでもいいから、こういうのはどうかしら?」

人の世界と獣の世界は随分と違う。特に違うのは宗教の存在だろう。確か、人の世界の宗教では、色々な決まり事があった。

「ほら、人の世界だと離婚は難しいって言うじゃない?」

はっきり言って、人の世界の宗教になど興味はない。結婚しても、宗教に関わるようなことにはならないと思っていたから勉強もしていない。

だけど、一応、上辺だけなら知っていた。

教会だとか牧師だとか神父だとか、礼拝だとか賛美歌だとか。それから、決まり事がある。離婚するのは難しいというのを嫌な話だと思っていたから、ソフィアは覚えていた。

「……ああ、そうね。宗教の関係で戒律《かいりつ》があるんじゃないかな？」

「か、かいりつ？」

「掟《おきて》というか……規則？　やっちゃいけないこととか、やらなきゃいけないこととか、決められたルールがあるって聞いたかな」

むくりと、アエロアが起き上がる。二人して床の上を這って、機織り機の陰に隠れるように移動する。

「そう、それ、それ」

機織り機の椅子に座ればいいのに、どうしてか床の上に座っていた。

「守られちゃいないって話だけど……確か、教えを導く人間に誓った結婚は、神に誓ったと同じだから覆せないっていうのとか、契ったら離婚できないとかがあった気がする」

「それよ！　だから今回は離婚できないって現状報告だけして、ミハエルと一緒に報告に行けば安心するんじゃないかしら？」

床の上に座ったまま、ソフィアはアエロアを見つめる。やはり、持つべきモノは友だろう。しかも、賢い友というのはありがたかった。

この際、どうして人の世界の宗教まで詳しいのかとか聞かない。頭が良いと、色々な知識を持っているのだと、勝手に納得することにする。

「……あの、お坊ちゃまと一緒に里帰り……まぁ、うん、でも」

「でも？」

「城の主が、報告ってだけで何日も城を空けるかな？」

ようやく正気を取り戻したアエロアは、突っ込みも絶好調だった。

何も考えずに賛同して欲しい訳ではないけど、物凄い正論を突き付けられると苛々してしまう。その通りだと思うからこそ、じゃぁ他の案を出して欲しいと言いたくなる。

「……報告」

「そう。ごく一般的なラブラブ夫婦やってますって報告をしに行くのは……」

もう結婚しているんだから、と。やっぱり正論しか言わないアエロアを、ソフィアはギロリと睨んだ。

じゃぁ、どうしろと言うのか。それが駄目なら、他の案を出してから駄目と言って欲しい。

しかし、ソフィアの頭の中にピコーンと何かが閃《ひらめ》いた。

「……報告……あ、子供ができたって報告ならいいんじゃないかしら？」

「…………え？」

天啓。天命。運命。物凄い名案だと、ソフィアは顔を輝かせる。

そうだ。これしかない。コレが一番だろう。

もしかして、自分は天才かもしれないと、ソフィアは得意げにアエロアに言った。

「そうよ。子供ができたって報告しに行けば、両親だって安心するし」

「え？　ソ、ソフィア？　実は意外と焦ってテンパってる？」

いける。コレならいける。

子供ができれば、報告に行くのもおかしくない。いや、その前に手紙になんて書けばいいのだろうか。既に子が腹に入っていると言うのはまずいだろう。いくらなんでも早過ぎる。

うっかりな幸運と唐突なラッキーで神回避していたが、望まぬ妊娠の可能性があったソフィアは、そういうことには詳しかった。

だが、問題は、手紙ではないのかもしれない。だって、ソフィアはミハエルとやることをやっていない。

「得意分野ってヤツよね。処女《しょじょ》だけど」

「は？　うん、処女なのは知ってたけど、アンタもしかしてパニくってる？」

まずは、やることをやるのが最善だと、ソフィアは晴れやかな笑みを浮かべた。

もう、アエロアの声は聞こえない。天啓で天命で運命だから、突き進むしかないと決意する。

「食事や掃除や洗濯だって敵わないけど、ミハエルに勝てる唯一のことよね」

「え？　は？　ちょ、ちょっと、ソフィア？」

「最初は下半身だけ脱いで挑んだからいけなかったのよね。うん。全裸で迫ればミハエルだって落ちるわよね」

「えええ？　待って、ねぇ、待って、ソフィア」

一応、下心はあると、そういう目でソフィアを見ていると、ミハエルは言っていた。

ならば、大丈夫だろう。恥ずかしがろうがなんだろうが、ソフィアとミハエルは夫婦だ。

そういう関係がない方がおかしい。

「いける。いける。それで乗っかってしまえばなんとかなるわよね」

床の上に座ったまま、ソフィアは拳《こぶし》を高らかに掲げた。

この環境を捨てたくない。ここから離れるのは嫌だ。ミハエルと一緒にいれば安全だし安心できる。

実は混乱してテンパってパニくっているソフィアは、自信満々の顔で頷いた。

夕飯も食べずに、風呂にゆっくりと浸かって、肌を温め血色を良くする。強く香らない花を湯船に浮かべて、身体も髪もしっかりと洗った。

ちょっと失敗したかと思ったのは、夕飯時に食堂に行かなかったことだろう。

腹が鳴るのはまずい。でも、心配したミハエルが食事を持って来てくれたから、夕飯を食べながら爪の手入れをした。

どうやら、アエロアが言い訳をしてくれたらしい。両親から手紙が来てちょっと神経質になり混乱に陥っている。そんな感じの言い訳をしたとアエロアは言っていた。

「ソフィア……まだ、パニくってるの？」

「脱ぎやすい格好が一番だと思ったのだけど……」

少し着古したシャツは襟ぐりが大きく開いているから脱ぎやすい。もちろん下着は着ていない。ずばっと脱いで、すきっと全裸になれる。

だからといって、さすがにパンツは穿いていたいから、パンツとズボンを一緒に脱ぐつもりだった。

ちなみに。これは全て、アエロアの部屋で済ませた。

やはり、他の意見というのは大事だろう。自分だけでは、どうしても気付けないこともある。

そう思っていたけど、全てを見ていたアエロアの顔が般若の面に近くなってきた。

「……ほら、情緒だとか、ムードだとか、色々とあるでしょう？」

「……そういうのは、必要なのかしら？」

「必要だからっっ‼」

またしても、悲鳴のような声を上げるアエロアに、ソフィアは首を傾げる。

情緒だとかムードだとか、やることは一緒なのに必要なのだろうか。本当は下半身さえあればこと足りると思っている。要は、ミハエルの性器を入れられて種付けされるということだろう。

それのどこに、情緒やムードが必要なのか。今まで、そういった色々はなかったと、ソフィアは首を傾げたまま眉を寄せた。

「やることは、一つよね？」

「うんうん。そうだねぇ。一つなんだけどねぇ。一つだけどっ！」

「なら、抵抗しないで裸で足を開いていればいいんじゃないかしら？」

「……やっぱり、攫われ過ぎると性格に影響が出まくりなの、ねぇ」

般若の面のような顔をしていたアエロアは、段々と元気がなくなって、最後にはしおしおと丸まってクッションに顔を埋めている。

なんだ、ソレは。どういう意味なのか。せめて情緒だとかムードだとかの説明をしてから、萎《しお》れて欲しい。仕方がないから、どうして情緒やムードが必要なのかは説明しなくてもいい。そんな話を聞いている暇はない。

「ソフィア……」

地響きかと思うような、地を這う声が部屋に響き渡った。

思わず、どこから聞こえてくるのかと驚く。地震の前触れかと思ったが、この部屋にはソフィアとアエロアしかいない。自分の名を呼んでいる声なのだから、アエロアが発したに違いないだろう。

「……な、なぁに?」

「私のお願い、聞いてくれるかな?」

ちらりとクッションから顔を上げたアエロアの瞳を見て、逆らってはいけない色をしていると確信した。

ごくりと、ソフィアは唾を飲み込む。アエロアとの付き合いは長いが、こんなにも真剣なお願いなんて初めてかもしれない。

「……な、なんの、お願い?」

「簡単だから。私の用意した服を着て、私の用意した台詞《せりふ》であのお坊ちゃまを誘って」

「……え?」

思ってもみなかったことを言われて、ソフィアは目を丸くしてアエロアを見た。アエロアの用意した服を着て、アエロアの用意した台詞でミハエルを誘う。珍しいアエロアの頼みだ。もちろん、叶えてあげたい。

はっきり言えば、自分で考えなくていいというのは簡単そうで楽そうだから、渡りに船というか助かった。

しかし、どうしてそんなことを言い出したのか。ソファの上に正座したアエロアに倣《なら》って、ソフィアもソファの上に正座する。

「バルテニオスに聞いたんだけどね。あのお坊ちゃま、本当にお坊ちゃまだから」

「……は? バルテニオス? どうしてバルテニオス?」

「使用人には使用人の悩みや相談があるってことよ」

ずはぁあっと、物凄い見せつけるような溜め息を吐くアエロアに、ソフィアは姿勢を正した。

自分が女のプライドだとかで悩んでいる時に、アエロアはバルテニオスと一緒に会議していたらしい。城主夫妻を如何《いか》にしてくっつけるか。どうやったら上手くいくのか。結婚して夫婦となったのに、そんな心配をして会議をしていたと言った。

昔ならば、余計なお節介《せっかい》をと思っただろう。どんなに優しく誠実で素晴らしいと言われても、男は男だ全員同じだと言っていただろう。

だけど、ミハエルだけは違う。違うと思いたい。違うからこそ安心するし、違うと思うから好きだと思った。

「あのね。世界ごとに色々と違うらしいの」

「……そうね」

「寿命だとか、成長速度だとか」

「ああ、そういうこと……」

世界は広い。世界はいくつもある。それぞれの世界ごとに、時の流れ方が違うらしい。違うというのはわかっていたが、何が違うのかまでは考えたこともなかった。

本来ならば、長く過ごす世界に身体は順応する。人の世界に獣の世界のモノが来れば、人の世界に合わせた寿命になる。

でも、ミハエルは、人の世界で少しおかしな成長をしたらしい。

どこの世界との混血かわからない。ミハエルの母は何も言わずに亡くなったから、誰も知らなかった。

「……だからね、ミハエルはあの見た目だけど、私達よりも少し年下らしいのよ」

「……えっ？　と、とした？　とした、なの？」

ズギャーンと、ソフィアの頭の中に雷が落ちる。

なんだソレは聞いていない。聞いていないというか、聞きたくなかった。おかしな成長というのは、人よりも早く成長したということか。身体だけムクムク早く育ったということなのか。聞かなければなかったことにできるのに、聞いてしまったからなかったことにできない。

だって、まずいだろう。ソフィアは頭を抱えて唸りたくなる。自分は年下に面倒を見させていたのか。髪を手入れさせ、抱き上げて運ばせていたというのか。

女のプライドなど木っ端微塵になっていたけど、年上のプライドは爆発四散して粉々に砕け散った。

「私達は成長は早いけど寿命は長いって感じで、人の子よりも年上のことが多い……ソ、ソフィア？　大丈夫？」

「………」

へたりと、耳が寝る。尻尾は、へにょりと力無く垂れ下がる。色々とショックで、もうソフィアにはどうしていいかわからなかった。

なんとなく、なんとなくだけど、年下というのは面倒を見なければいけないモノだと思う。ソフィアには妹も弟もいるから、そういうモノだと思っていた。

「ソーフィアー？　ソフィアちゃーん？」

「………」

今まで自分を攫ってきた男の年齢などわからない。年下だとわかっても、ここまでのショックは受けないだろう。どうでもいいことだと、聞き流してお終いにすると思う。

だが、駄目だ。ミハエルは駄目だ。

何が駄目なのかわからないけど、なんとなく駄目だ。負けた気がするどころの話じゃない。負債を負ったような気さえする。

「……まぁ、いいか。そのまま、ばんざーい」

「………」

「寝間着は清楚かつ大胆に。少し大きめのオーソドックスねぇ」

「………」

どうすれば挽回できるだろうかと考えて、どうやっても挽回できないと気付いた。

だって、無理だろう。無理に決まっている。炊事洗濯掃除に編み物に力仕事までできるミハエルだ。さらにはブーツを作っちゃったりする凄いできたミハエルに、ソフィアが何で勝てるというのか。

どうしよう。なんだか物凄く落ち込んで、ソフィアは穴掘って埋まりたくなった。

「この際、かもしれないでいいから、好きだって告白するのよ」

「……」

「告白。告白。好きだって言って、家の事情を話して、正直に全部包み隠さず」

「……」

情けない。情けないにも程がある。言い訳をするなら過去の悲惨な状況があったからと言えるが、ミハエルも同じように過去の悲惨な状況があったので言えない。大体にして、今までの男がいけない。ソフィアを攫っている暇があるのなら、他のことをすれば良かったのだ。もうちょっと他を見て、ソフィア以外の女に興味を持てば、今の情けなさは回避できた気がする。

「はい。行ってらっしゃい～」

ふ、と。気付くと、なんだか寒かった。

きょろきょろと周りを見回す。どうして自分は廊下にいるのだろうか。しかも寝間着が違う。襟ぐりがだるだるした寝間着はどこにいったのか。この寝間着は見たことがないのだが、アエロアの寝間着を間違って着てしまったのか。

シルク生地の寝間着は淡いピンク色で、長袖のシャツにズボンだった。

第一釦《ボタン》まで留められているが、前開きのシャツは少し大きめで、清楚なんだか大胆なんだかわからない。オーソドックスなんだか定番なんだか、指先が出ないのにズボンの裾は踏まないという不思議な作りだった。

こてんと、首を傾げる。どうして廊下にいるのか、どうして知らない寝間着を着ているのか、考えてもわからない気がするけど考えてみる。

何より不思議なのは、なんだか頭の中で色々と回っていたことだ。

「……年下……告白……正直に……」

ぶつぶつ言いながら、ソフィアは廊下を歩く。この負けた気がするモヤモヤと、負債を背負い込んだような重さを抱えながら、寒い廊下を歩いて部屋に戻る。

あの部屋に帰れば、暖かいと知っている。最初は夫婦の部屋なんて行きたくもなかったというのに、今では帰るとか言っている自分に驚いた。

「……………あ」

「ソフィアちゃん！　そんな薄着でっ……」

部屋に辿り着く前に、部屋の扉が開いてミハエルが顔を出す。あわあわと慌てているミハエルは自分の上着を脱いで、寝間着だけのソフィアに被せてくれた。

優しいなぁと思う。どうしてソフィアの上着ではなく、自分が着ている上着を脱いで着せてくれるのかわからないけど、優しいなぁと思う。

「寒いの苦手なんでしょう？　お風呂上がりにこんな薄着でいたら駄目だよ」

ぎゅうっとミハエルに抱き締められて、ソフィアは自分が冷えていたと知った。

ほっと、する。安心する。日だまりで昼寝する時みたいに、ほわりと胸が温かくなっていく。

「……ねぇ、ミハエル」

「何かな？」

当たり前のように抱き上げられて、ソフィアは暖かい部屋の中に連れて行かれた。

ゆらゆらと、揺れる。視界も、思考も、なんだかふわふわする。ゆっくりとソフィアはミハエルの肩に顔を埋めて、ゆっくりと呼吸をした。

この腕は安心できる。暖かくて、優しい。男に対して、こんなことを思う日が来るとは思わなかったと、ソフィアは自嘲した。

過去の自分が知ったら、驚き過ぎて倒れるかもしれない。何を言い出したのか、気でも狂ったのか、そう蔑んだ目をするだろう。

そんな想像をするのが簡単なぐらい、今の自分に驚いている。だからこそ、ミハエルを失うなんて考えられなかった。

「……私ね、あなたのことが、好き、みたい」

びくりと、身体が揺れる。何が起きたのか考えて、自分を抱えているミハエルが揺れたのだとわかる。

少しだけ抱き締めてくる腕が強くなって、ソフィアは肩から顔を上げてミハエルを見つめた。

「ミハエル？」

「……うん……そう……そうか……嬉しいなぁ……」

へにょりと笑ったミハエルに、ソフィアの胸がじんわりと痛くなる。物凄く嬉しそうに笑うから、本当に幸せそうに笑うから、狡《ずる》いとソフィアは唇を尖らせる。

「……嬉しいの？」

ちょっと足早になったミハエルは、少しだけ頬を赤く染めていた。

カーテンも閉じられ、夜の香りがする部屋の中。当たり前のように暖炉に火が入っていて、部屋の暖かさとミハエルの腕に心が緩む。

「そりゃぁ、嬉しいよ。だって、僕は初めてソフィアちゃんを見た時から、君が好きだったからね」

「……そ、そう」

言われ慣れている筈の言葉に、どうしてか心臓の音が速くなった。

でも、初めてだろう。切羽詰まった感じではなく、へにょりと幸せそうに笑いながら告白されるのは初めてだ。

なんだか、凄く大事なモノになった気がする。欲の対象ではなく、欲の捌《は》け口ではなく、大切な何かになった気がして顔が緩むのがわかる。

「ふわふわしてて白くて、こんなに可愛い子が僕のお嫁さんになるなんて信じられなくてね。でも、嫌われてるって思っていたから……」

「……それ、は……」

「うん。わかってる。だから、傍にいて、触れさせてもらえるだけで幸せだと思ってた」

はにかむように笑うミハエルに、ソフィアは苦しくなってきた。

自分の噂をミハエルは知っている。ミハエルの噂を自分は知っている。ミハエルがどんな生活を送ってきたのか。それに何を思ったのか。詳しく聞いたこともないし、詳しく聞くつもりもないけど、それでもなんとなくわかっていた。

辛かっただろう。悲しかっただろう。寂しかったと思うし、苦しかったと思う。だって、最初に言っていたじゃないか。自分にお嫁さんが来ると舞い上がっていたとか。大事な人とかできないと思っていたとか。誰もが羨む仲の良い夫婦になりたい、だとか。

同情じゃないと言い切れないのは、こんな気持ちを抱いたのが初めてだったからだ。

それでも、ソフィアはミハエルを幸せにしたいと思う。笑って、欲しい。喜んで、欲しい。そんなことを思うのも初めてで、ソフィアはたどたどしく言葉を紡ぐ。

「……仲の、良い夫婦、だっけ？」

「うん。結婚に夢を見てるのは、恥ずかしいかな？　男のくせに」

「そんなこと、ない……夢を見たいと思えるだけ、私よりも純粋で真っ直ぐで……凄く強いんだと、思う」

ソフィアは全てを諦めていた。どうにもならないと諦めて、夢や希望を抱くだけ虚しいと思っていた。

だから、最初は異次元で異世界で不思議な所に来てしまったと慌てたり、自分の価値観に合わせようとミハエルに裏があるのではないかと疑った。

なのに、ミハエルは最初からソフィアを受け入れてくれたのか。自分でも愛想がないと思うのに、可愛いと言ってくれる。気のない返事しかしなかったのに、何度もソフィアに話しかけて意見を聞いてくれる。

「ソフィアちゃんには、ないの？」

「……ゆめ？」

「うん。結婚じゃなくても、何か、なんでもいいから」

今だって、ミハエルはこうやってソフィアの意見を聞いてくれた。

自分の理想を押し付けるのではない。ソフィアの意思を尊重してくれる。可愛いから甘い物が好きだと決めつけるのではなく、似合わないと言われた干し肉なんかをお茶請けに出してくれる。ふわふわの生クリームではなく、甘い物ならマドレーヌやパウンドケーキやフィナンシェ。最近は煎餅《せんべい》なんかも手作りでお茶請けに出る。

セーターやカーディガンも編んでくれたが、ソフィア好みのシンプルなデザインで動きやすかった。

こうやって考えれば、本当にソフィアはミハエルに何も返せていない。

甘えるだけで、受け取るだけで、何もしないで、不思議だおかしい気持ち悪いなんて言っていたと思い出す。

「……ミハエルを、幸せに、したい、かな」

きょとんと、目を丸くするミハエルに、ソフィアは小さく笑った。

可愛らしい顔をする。格好良いのに、立派な体軀の男なのに、可愛いと思える。仕草だろうか。表情だろうか。それとも雰囲気なのかと、ソフィアはミハエルを見つめた。

子供じゃないのに、可愛らしい。でも、年下ならば当たり前なのだろうか。それとも、格好良い成人男性なのに、可愛い仕草と表情をするから可愛いのか。

ソフィアの頭の奥底だけは冷静に、これがギャップ萌えかと頷いていた。

「……ぼ、僕を？　幸せに？」

でも、これはないだろう。こういう言い方は、ちょっと卑怯だと思う。

たどたどしく言うミハエルに、ソフィアは胸が痛む気がした。

きゅうっと心臓が絞られているような気がする。じんわりと痛みと熱が拡がって、この気持ちはなんだろうと首を傾げる。

初めてだから、わからない。何もかもが初めてだ。諦めて冷え切っていた感情が、揺り動かされる。どうでもいいと投げ捨てていた感情を、ミハエルが動かしてしまった。

だから、ミハエルのせいだ。手放せない。離れたくない。帰りたくない。

「そう。ミハエルを幸せにしたいの」

「……僕を幸せにしてくれるの？」

どうしていいのかわからない顔をするミハエルに、ソフィアは衝動のまま口づけた。

そっと、唇に触れるだけのキスに、じんわり頬が熱くなるのがわかる。ミハエルを見れば顔を真っ赤に染めていて、もう一度とキスをする。

無理矢理、口を合わせられたことはあるが、キスというのは違うのだと知った。

ふにゃっと柔らかい。乾いている。頬と同じような気がするのに、全然違う。

「………」

「……ミハエル？」

しゅぱぱっと、音がしそうなぐらいに速く動いたミハエルは、ソフィアをベッドに下ろして手で顔を覆ってしまった。

びっくりするぐらい動かない。手で顔を覆ったまま俯いている。ベッドに腰かけたソフィアの目の前で、ミハエルは立ったまま微動だにしなかった。

「………は」

「は？」

なんだろう。何かいけなかったのだろうか。動かなくなったミハエルに、ソフィアは首を傾げる。

結構な時間が経ってから、ミハエルは震える声でソフィアに告げた。

「……恥ずかしい……キス、するなら、その、言って欲しかった、かな」

「………」

よくよく見れば、ミハエルの耳が赤く染まっている。大きな手で顔は隠せても、首筋も赤く染まっている。

どうしよう。可愛い。可愛いけど、違うような気がする。

「……ミハエル、ミハエル」

「うん？」

そっと手を出せば、ミハエルはおろおろと視線を彷徨《さまよ》わせてから、ソフィアの手を握ってくれた。

大きな手。節くれ立っていて、厚みもある。指も長い。男の手だ。

でも、どうして可愛いとか思ったのだろうと、首を傾げながらソフィアはミハエルの手を引いた。

「……そこは意を汲んで引っ張られてくれるべきじゃないかしら？」

「え？　ああ、うん、えっと、どうすればいいかな？」

「ほら、ここに座って」

「うん」

自分の隣り辺りを叩いたソフィアに、ミハエルは素直に従って座る。背を伸ばしてというより硬直している気がするけど、座ってからソフィアを見て首を傾げている。

さて、どうしよう。

攫われ嬲られ弄ばれたことはあるが、そういうことを自分からしようと思ったことがないソフィアは、素直に座っているミハエルに手を伸ばした。

「……ソフィアちゃん？」

「よいしょ……」

膝の上に座ってみる。身長差があるので、膝の上に座っても目線が同じにならない。まだ自分の方が低い位置にいるから、そっとミハエルの肩に手を当てた。

「……だから、意を汲んでくれるかしら？」

「……えっと、どうすれば？」

「倒れて」

ぽすりと、ミハエルは素直にベッドに倒れ込む。膝から下はベッドから落ちているけど、仰向けに寝た状態でソフィアを腿に乗せている。

もぞもぞと動いて位置を調整したソフィアは、ミハエルの下腹辺りに座って自分の寝間着の釦に手をかけた。

ミハエルに羽織らせてもらった上着ごと、ばっさりと脱ぎ捨てる。寝間着は替わっているけど、下着までは着せられていなかったらしく、寒さにブルリと震える。

「…………」

「本当のね、夫婦になりたいの」

「…………え？　あ、ああ、え？」

硬直というか呼吸すら止めてしまったのではないかというぐらい、ミハエルはガチっと固まった。

これは、なんか、凄い。自分が男を押し倒しているという状況も凄ければ、押し倒された男が硬直して固まっているというのも凄い。

だけど、残念だがミハエルを気遣う余裕はない。そんな余裕は、ソフィアには残されていなかった。

当たり前だろう。コッチだって真剣だ。かなり、物凄く、本気で、真面目に押し倒している。ここから先をどうすればいいのか。知ってはいるけど、自分でするとなるとハードルが上がる。

「人の世界はよくわからないのだけど、夫婦というのは契らないといけないのでしょう？」

目を丸く開いて固まっているミハエルの手を、ソフィアは両手で持ち上げた。

だから、意を汲んでくれと言っているのに、ミハエルは硬直している。意外と重い手を持ち上げて、ゆっくりと自分の胸に当てる。触れた瞬間に、ビクリと音がしそうなほど震えたけど、気にしないで強く当てる。

「好きだから、ちゃんと契りましょう？」

「……あ、え、えっ⁉」

「ミハエル？」

ようやく息を再開したのか、ミハエルが変な声を出してぶるぶると震えた。

大丈夫なのだろうか。何か病気だろうか。ミハエルの赤い顔に汗が浮かび、ちょっと本気で心配になる。

「うっ……」

「う？」

「うわぁあああっっ‼」

がばっと起き上がったミハエルは、ソフィアを凄い勢いで抱き締めた。

あまりに速かったので、今度はソフィアが硬直する。ぎゅうっと抱き締められて、痛いというか苦しい。

でも、これで大丈夫だろう。ようやくその気になってくれたのかと、ソフィアはほっと息を吐いた。

やはり、アエロアの言う通り、下半身だけ出すのは駄目だったのだろう。そこしか必要ないと思うのだが、必要のない上半身を脱いだ方がミハエルの好みだったらしい。

しかし、何か、おかしい。ぎゅうぎゅう抱き締めるだけで、ミハエルは先に進もうとしなかった。

「……ミハエル？」

「みっ、見てない！　見てないから大丈夫だよ！」

「……見て欲しいのだけど？」

先に進んで欲しくて声をかけたのに、ミハエルは言い訳をしながらソフィアを強く抱き締める。

違う。そうじゃない。そうじゃない。

・契れば離婚できなくなる。結婚式は挙げたから、ガンガン契って離婚できない状況を確固たるモノにしておきたかった。

「ミルクみたいな肌だとかっ、柔らかかったとかっ、そういうのないから‼」

「……ああ、今、抱き締められてるのは、その気になったのではなくて……視界から外そうとしているのかしら？」

少し震えているミハエルに、ソフィアの良心が痛む。罪悪感がムクムクと育っていくが、ここで引いては駄目だろう。

わかっている。自分も悪かった。契らなくて済むというのなら、その方がいいと思っていた自分も悪い。

でも、いくらなんでも遅すぎだろう。大体、結婚式も挙げているのに、どうして手を出さないのか。ソフィアのことを思っていてくれるのはわかっていても、下心があるというのなら少し進展してもいい筈だった。

「ねぇ、ミハエル……私は女として見られてないのかしら？　私とするのは嫌？」

「そ、そうじゃなくって！　女性として見ているからこそ、こういうのは……」

「私は、ちゃんとミハエルの妻になりたいのに」

いやらしいと、思わないで欲しい。淫らだと、言わないで欲しい。結婚して夫婦になっているのだから当然の行為だと思った。

ミハエルは、他の男とは違う。だって、ミハエルはソフィアの夫だ。手を出す権利がある。ならば、ソフィアだってミハエルに手を出す権利がある。

「……ソフィアちゃん……あのね、最初の時もだけど、えっと……」

痛いぐらいの腕が少し緩んで、ミハエルはソフィアの顔を覗き込んできた。

困ったような顔をしている。眉尻が下がって、でも頬は赤いままで、ミハエルは言葉を選んでソフィアに告げる。

「あのね、耳が、へたって、寝てるんだよ？　気付いてなかった？」

そっと伸ばされたミハエルの手が、ソフィアの耳を撫でた。

柔らかく、髪を梳く時のように、ぺったりと寝ているソフィアの耳を撫でる。数回撫でただけで手は引っ込んでしまったけど、ミハエルは困った顔をしてソフィアを見る。

「………気付いてなかったというより、み、耳?」

「うん。嫌なのか、怖いのか、その、わからないけど……ソフィアちゃんは表情に出ないけど、耳がね、へたって寝てる時は嫌なんだろうなって」

「………」

知らなかった。本当に、知らなかった。

今までも、そうだったのだろうか。いや、そんなことはない。ちゃんと耳も尻尾も管理していた。耳と尻尾は感情が高ぶると制御できないから、無意識に動かないようにしていたことを思い出す。

それに、何も言われなかった。色々な男がいたけど、逐一報告するような男もいた。鳥肌が立っているだとか、顔色が青くなっただとか、爪の色がどうだとか。そんなことまで言うような男ですら、耳が寝ているとは言わなかった。薄い耳が外を向いていると言われたことはある。警戒しているからだと、男は気付かなかったけど、耳が動いて面白いと言われたことはある。

「だからね、無理強いはしたくないんだ……」

あまりにあまりの事実に、ソフィアは穴掘って埋まりたくなった。

驚いたり恐怖を感じれば、尻尾は膨らむ。警戒すれば耳は動き、怯えたりすれば耳は寝てしまう。

そんな心のうちを見せたくないから気にしていたのに、ミハエルの前では気を張ることすらできてなかった。

「……気を抜いてるんだと、思う」

「え？」

「耳と尻尾は動かさないようにできるの！　それができてないってことは気を抜いているからなのっ」

顔がにやけるだとか、顔を顰めるだとか、そういうことと同じだとソフィアは言う。

近寄ってくる相手から逃げるだとか、触る手を叩き落とすだとか、そういうことと同じだった。

気を張っていれば、そつなく繕える。相手に気取らせず、やんわりと断れる。

でも、それができないぐらいに気を抜いているのだと教えられ、ソフィアはミハエルに告げた。

「……だ、だからっ、こういうの嫌いだけどミハエルとならしたいのっ！」

恥ずかしさと情けなさが同時に襲ってきて、ずっと混乱していた脳がショートする。

何て言えばいいのかわからない。自分の過去に、ミハエルの存在。男に安心する日が来るなんてと思う気持ちに、気を抜き過ぎて尻尾や耳まで気を配れないでいる。何もかもが初めての感情で、それにどんな名前をつけていいのかさえわからなかった。

自分だって信じられないのだから、ぐちゃぐちゃの心の中を察してくれというのは無理だろう。

言わなければわからない。でも、何て言えばいいのかわからない。

「でも、き、嫌いに決まっているじゃない……今まで攫われて悪戯されて……男なんか嫌いよ、結婚なんてしたくない……でもミハエルは違うの、違った、全然違った」

じわりと、ソフィアは目の奥が熱くなるのがわかった。

恥ずかしいを通り越して情けない。言いたいことが何一つ言えないなんて、自分がここまで馬鹿だとは思わなかった。

「最初はミハエルに裏があるんじゃないかって思ってた……本当は酷いことされるんじゃないかって、今まで、みたいに」

「……ソフィアちゃん」

あやすみたいに背を撫でてくれるから、肩の力が抜ける。じっと見つめてくるミハエルの瞳に心臓が高鳴って、こういう反応ですら初めてだと言いたい。

もう、ソフィアの心の中がわからなくてもいい。でも、ミハエルは特別なんだと知って欲しかった。

「嫌だったら触らせない。今までだって触らせなかった。大きくなってから初めて抱き締められたの。ミハエルが温かさを教えたの。ミハエルしか知らないの」

「…………うん。ごめんね。ごめん」

攫われた時に、男の体温など感じている暇はない。担がれ運ばれる時か、殺され犯されそうになる時だというのに、抱き締められているなんて思ったことはない。

だから、ミハエルが初めてだ。

何もかも、ミハエルが初めてだった。

「好き、なんだと思う……こんなこと思うの初めてだし、こんな感情も反応も初めてだからわからないけど、多分、ミハエルが、好き」

「ごめん……辛い目に遭ってきたソフィアちゃんに、ここまで言わせてごめん」

「好きだから、したいの。ちゃんと夫婦になりたいの。嫌だけど、したいの」

それでも必死に言い募っていれば、ミハエルから優しくキスされた。

ふにっと、触れるだけのキスだったけど、ソフィアの動きも声も止まる。大きな手が頬を包み込んでいて、唇も視線も動かせなくなる。

「……僕だって好きだよ。最初から、ずっと好き。ふわふわで可愛くて、なのに、無表情で怠そうで、言葉は少ないけど耳を見ればわかるし」

「ん、そ、それはね、耳は……気を抜いてたから、その、言わないで」

「ソフィアちゃんが言わなくても、僕がわかるようになればいいって……だって、僕のお嫁さんだから……」

唇を合わせながら喋ると、ぞくぞくした何かが背中を走った。

ぎゅうっと抱き締められると満足げな息が漏れて、ミハエルが笑いながら尻尾がピンって伸びてると言う。唇を合わせているのだから近過ぎて、ミハエルの金茶の瞳が飴玉《あめだま》みたいだとソフィアは笑う。

「僕だって、ソフィアちゃんとしたい……したいから、恥ずかしいんだ……でも、恥ずかしがってばかりで、僕は情けないね」

「……そんなことない、も、唇、腫《は》れちゃう」

「でもね、僕は経験ないし……自分でも何をするかわからなくて……」

ふにふにすりすりと、唇を合わせながら言うから、ソフィアはミハエルの胸を叩いた。

苦しい。意外と、苦しい。こんなにも苦しいものだっただろうか。悲しいが、キスは初

めてではない。

ぬるぬると気持ちの悪いものだと思っていた。男の舌や唾液など吐き気がすると思っていた。生臭く、柔らかく、生温かい。喉の奥を塞いで、口周りを汚してでも唾液は飲み込まなかった。

でも、違う。唇を合わせるだけなのに、息苦しい。ミハエルに息がかかってしまうような気がして、どうやって息をすればいいのかわからなくなる。

「く、苦しい、からっ……」

「えっ!? あ、ご、ごめんね！」

少し離れたミハエルが困った顔をして、ソフィアの瞳を覗き込んできた。

はぁふぅと、ソフィアは肩で息をする。息の仕方がわからなくなるなんて、ちょっと怖いとか思ってしまう。

そうやって息を整えていると、ミハエルが何かを言いたそうにしていた。

なんだろう。何が言いたいのか。口をもごもごさせて、視線を彷徨《さまよ》わせている。少し顔を赤くしてあ〜とかう〜とか言っていた。

「ソフィアちゃん……」

「な、なぁに？」

「鼻で……息をすればいいと、思うんだけど」

目から鱗《うろこ》というのは、こういうことを言うのだろう。今までは何も考えずにできていたのに、相手がミハエルというだけで息すら忘れる。唇を合わせているだけなのに、呼吸すらままならないとは思わなかった。

「……………あ、そ、そうね。そうだった」

「だ、だよね？」

でも、違う。息を忘れたのは、それだけではない。だって、あんなに近かった。ソフィアの視界はミハエルばかりで、そのぐらい近い位置でくっついていた。

ならば、鼻で息をしたら、ミハエルに鼻息がかかるのではないだろうか。口で息をしても、息がミハエルにかかってしまう。顔に息を吹きかけるというのは、なんだか物凄く恥ずかしいことのような気がした。

「……そうなんだけど……鼻で息をして……その、鼻息とかかかったら、恥ずかしいし」

「……そ、そうだ、ね……ちょっと、恥ずかしいよね……」

しーんと、物凄い重い沈黙が流れる。じわじわとミハエルの顔が赤くなって、釣られてソフィアの顔も赤くなる。

「で、でも！　ミハエルの息とか感じなかったし！」

「そっ、そうか！　それなら鼻で息をすればいいんだと思うよ！」

あわあわと、ミハエルとソフィアは慌てて言い合った。

それも、ミハエルの手がソフィアの頬に添えられたままの、キスできる至近距離で。

なんだろう。これは恥ずかしい。恥ずかしいというか、馬鹿馬鹿しいというか、冷静に考えれば笑える状況だろう。

だけど、結構、真剣だった。ミハエルはどうだかわからないけど、ソフィアは真剣だった。

「……ごめん。その、今まで、息とか、こんなこと考えたこともなかったんだけど」

「えっと。うん。僕は嬉しいかな」

「……え？」

「僕だけなんだよね？　それが、嬉しい……だって、僕も同じだから」

真っ赤な顔のまま、ミハエルはソフィアに言う。一生懸命に言葉を選んでいるのがわかって、少し面映《おもは》ゆくなる。

「言い方が悪かったら言ってね？　その、僕ばっかり初めてで舞い上がってるような気がしていたから……キスも初めてだし、女の子に触れるのも初めてだし」

一応、勉強はしている、と。照れて困ったように笑うミハエルに、ソフィアも困ったように笑った。

どうしようか。どうすればいいのだろうか。最初は噂を知られているのなら、そういう扱いをされるのだろうと思っていた。実際、それで良かったし、知られていない方が面倒だと思っていた。

でも、今は違う。そういう扱いだとか面倒だとかではなく、噂を知っていたら誤解しているのではないかと青くなる。

だって、ミハエルはソフィアの噂を少しだけ知っていると言っていた。少しだけというのは、どのぐらいの少しなのか。あまりに多いソフィアの噂は、尾鰭《おひれ》と背鰭《せびれ》と腹鰭《はらびれ》までついて大盤振る舞いされていたと思う。

「……い、今更なんだけど、私の噂……噂というか、本当にあったことなんだけど」

「……うん」

「全部が本当じゃなくって……その、運が良かったのか悪かったのか、最後までしたことはなくて……私も、その、だから、初めて、だから」

両頰を包んでいる大きな手が、ふにふにとソフィアの頰を抓んだ。

なんだろう。ミハエルは悲しそうな顔というか、怒っているような顔をする。眉間に皺を寄せて、額と額がぶつかるぐらいの距離まで近付いてくる。

「……運が良かったんだよ」

「……そうかしら？　あんまりにも攫われるから、いっそ純潔を散らされてしまえば、何か変わったんじゃないかなって思ったことはあるの」

慣れてしまった。飽きてしまった。何が楽しいのかわからなくて、そういうことをする欲を理解できない。

今だって、そうだ。ミハエルは好きだと思うけど、抱き合いたいのかと聞かれたら首を傾げるだろう。

それでも、ソフィアはミハエルと離れたくない。抱き合うことで少しでも一緒にいられるというのなら、ソフィアはミハエルに抱かれたいと思っていた。

「慣れるぐらいに悪戯されたから……少しぐらい乱暴にされても平気よ？　でも、初めてでなくて、ごめんね」

「……こんなに小さくて柔らかくて可愛いソフィアちゃんに、乱暴なんてしないよ」

真剣に言うミハエルに、ソフィアは小さく笑う。

そうだろう。ミハエルならば、乱暴なんてしない。わかっているのにそんなことを言ってしまったのは、乱暴にされた記憶しかないからだ。抱き合うというのは乱暴にされるということだと、ソフィアの身体には刻まれていた。

「好きだから。愛してるから。ちょっと焦っちゃうかもしれないけど、僕に君の初めてをくれるかな？」

ちゅっと、可愛い音をさせて鼻の頭にキスを落とされる。ばくりと心臓が跳ねて、少し体温が上がった気がする。

真面目に聞いてくれるミハエルは格好良いと思うが、その言い方はどうだろう。

「……初めてじゃないって、言ってるのに」

「初めてでしょ？　キスの時に鼻で息もできなかったじゃないか」

ミハエルに意地悪く笑われて、ソフィアはムっと唇を尖らせた。

確かにそうだが、ソレを今言うことはないじゃないか。決して威張れた過去ではないが、何も知らない乙女じゃないから意地になる。

「……キスは……口の中だって舐めるって、知らないくせに」

「……舐めていいの？」

ミハエルの低い声が響いて、ソフィアは視線を合わせた。

びっくりした。思ったよりも熱が籠もった瞳があって、ミハエルの濃い蜂蜜色《はちみついろ》の瞳がとろりと溶けているように見える。

ああ、知っている。見たことがある。これは自分にイヤラシイ欲を持っている目だ。

「……な、舐めて？」

自信満々に、余裕を見せて、経験者として導けるように声を出したつもりだったのに、ソフィアは少し震えた。

だって、知っているのに、身体の反応が違う。嫌悪感じゃない。気持ち悪さも吐き気もない。咄嗟《とっさ》に周りを確かめて、何か武器になる物を探したり、助けを求められるかを調べたりもしない。

今は、もう感じなくなった怯えだろうか。それとも、恐怖だろうか。ミハエルの唇が近付いてきて、ぺろりと唇を舐められてから、震えが期待だと教えられた。

「……ソフィア、ちゃん……口を、開けて？」

「んんっ……わか、てる……んぁ……」

「……ちっちゃい……可愛い、ね……」

ぬるりと、口の中に舌が入ってくる。濡れた舌は生温かく大きくて、口の中がいっぱいになる。

どうしよう。気持ち悪くない。それが、怖かった。

舌を絡め、軽く嚙まれる。歯を確かめるように舌先が動いて、口蓋《こうがい》を舐める。喉の奥まで舌が入ってきて苦しいのに、どうしてかゾクゾクと身体の芯が震えた。

「ふぅ……ん、んっ……み、みはえ、る……ぅんっ」

「……うん……なんか、甘い、ね」

「あ、あま、い？　んんっ……し、しびれて、わかんない、んぅっ……」

唾液を口から零すのは恥ずかしいし、なんだか勿体なくて、ソフィアはこくりと喉を鳴らす。ミハエルのだと思えば気持ち悪くなくて、身体の中まで舐められているような気さえした。

ぞわぞわ、する。ぞくぞく、する。ミハエルの手は頬に添えられたままなのに、全身を撫でられているようで身体が揺れる。

「……可愛い……かわいい……ソフィア、ちゃん……」

「んんっ！　ふぁ……て、る……しってる、からっ……」

崩れ落ちそうな身体を支えたくて、ソフィアはミハエルのシャツに縋った。

襟元を握り締めて引っ張ると、キスが深くなる。釦が飛びそうだとか、考えていられない。もっともっとと、強請《ねだ》っている仕草だと気付いて、慌てて手を背に回す。

「……あれ？　ああ、尻尾が、ピンって立ってるね」

「っっ!?」

膨れて立ち上がっている尻尾にミハエルの指が触れて、ソフィアは目を見開いた。

獣の世界では、服や帽子は尻尾と耳が出せるようになっている。スカートならばいいが、ズボンは腰で穿くから尻尾を出す穴が空いている。

この寝間着は腰で穿くタイプで、最初の時と違って下半身ではなく上半身が裸のソフィアは、尻尾が無防備になっていたと知った。

「ふふ……ふわふわ……」

「あっ、だ、駄目っ、みはっ、みはえるっっ、ひぁあっっ⁉」

寝間着のズボンから出てしまった尻尾を掴まれ、ゆっくり優しく撫でられて甘い悲鳴のような声が出る。

ぞわぞわなんて可愛いものではない。剥き出しの神経を撫でられるみたいに感じて、ソフィアの腰がかくりと落ちる。

「……………えっ？　だ、駄目、なの？　駄目？　これ？」

「ひっ、あっ、やだぁっ、やぅっ、あっあっ！」

さりさりと指の腹で擦るみたいに尻尾を撫でられ、ソフィアはミハエルに抱き付いた。

胸元に顔を擦り付ける。足に腰を擦り付け、指から逃げようとしてミハエルの身体に密着する。

だって、知らない。こんなの、知らない。尻尾は敏感だけど、どちらかと言えば痛みが勝つ場所だった。

「っく……そ、ソフィアちゃんっ、そんな擦り付けちゃ、駄目だってっ！」

「やめっ、わかんないっ、ね、ねっ、あぁっっ！」

目の前がチカチカする。我武者羅《がむしゃら》に腰を振って、身体をミハエルに擦り付ける。下腹にごりごり擦れる塊《かたまり》があるけど、何もわからなくなって腰を振った。

元々、尻尾は急所だ。触られれば、痛みと不快感で悪寒がする。でも、急に摑まれたり引っ張られたりしなければ、我慢できる程度の不快感だった。

なのに、コレはなんだろう。もどかしい。何が。わからないのに、もどかしいとわかる。

頭の中に火花が散って、とろとろと下肢が濡れるのがわかった。

「……ふっ……ソフィア、ちゃんっ！」

「あっ、あっ⁉」

ぎゅうっと、ミハエルの腕に抱き締められる。背を掻き抱く腕に、尻尾が解放されたとわかる。

だけど身体の奥がじりじりと疼いていて、頭の中まで溶けてしまった気がした。

「……み、みはえる？」

「…………」

青い匂いがする。なんだろうと考えて、男の精の匂いだと気付く。

そうだ。知っている。ドロリとした白い濁った臭い体液だ。今までは気持ちが悪いモノでしかなかったけど、それが子種だとわかっている。

「……あ、みはえ、る……出しちゃった、の？」

「……言わないで」

震える声でミハエルは言うけど、ソフィアは困ったと首を傾けた。

だって、それはソフィアの腹の中に出してもらわないといけない。そうじゃないと子供ができない。

「……それ、私の、なかに、出さないと」

「……お、お願いだから、今は何も言わないでっ」

ぎゅうっと、痛いぐらいに抱き締められて、ソフィアは大きな息を吐いた。

気持ちいい。苦しいのに、気持ちいい。まだ、身体の奥がじりじりと燻《くすぶ》っていて、尻尾も下肢も頭の中も溶けている。

ふわふわした気分で、何も考えられなくて、ただ本能のままミハエルの背を叩いた。

首を傾げながら抱き締める腕を緩めてくれたから、ソフィアはミハエルから少し離れる。

震える膝を懸命に動かして、もぞもぞとズボンと下着を脱ぎ、ころりとベッドに寝転ぶ。

片足はミハエルの膝に乗せて、腰を挟むように膝を立てた。

「……た、多分、ここ、ここに、出さないと」

「っっ⁉」

ズバンと音がしそうなぐらい真っ赤に染まったミハエルが固まる。倒れるんじゃないかと不安になるぐらいミハエルは赤くて、それでも動かずにソフィアを見ていた。

引いたのだろうか。でも、そうしないと契ったことにはならない。ただ黙ってソフィアの下肢を見ているミハエルに、指をのろのろと動かした。

ゆっくり。ゆっくりと震える自分の指で媚肉《びにく》を開くと、とろりと何かが零れる。濡れているのだとわかって、自分も濡れるんだと感心してしまう。

今まで、濡れたことなんてなかった。頭と身体と思考がバラバラになって弾け飛びそうな感覚だって、初めて感じた。

やっぱり、ミハエルは特別なんだろう。まだ思考が溶けた状態で、ソフィアは首を傾げながら言った。

「……ここ」

「……う、うん、そ、そ、うだ、ね」

ミハエルは真っ赤な顔のまま、錆び付いて壊れた玩具のようにギシギシと身体をソフィアに向ける。ミハエルが動くから膝の上から片足が落ちて、それが少し寂しい気がしたけど、大きな手が脚に触れるから息を吐いた。

「……さ、触る、ね？　痛かったら、言ってね？　絶対、だよ？」

「……うん」

頭の中がぽやぽやする。眠りに落ちる直前のようなのに、身体の芯が疼いているから眠れない。もどかしくて、もどかしくて、何かを掻き毟《むし》りたくなる。

「い、一応、勉強したんだけど……」

「……ね、ね、ミハエルも、脱いで」

この状態はまずいとわかって、ソフィアはミハエルの腰を蹴った。

ミハエルを掻き毟っちゃいけない。引っ掻いて噛み付きたくなる気持ちを落ち着けなくてはといけないと、時間を稼ぐ為にソフィアはミハエルに服を脱げと言った。

それに、入れて、出してもらわないといけない。さっきはズボンがあったからいけなかったのだろう。ぽしぽしと足で蹴ると、ミハエルは情けない顔をする。

「うん。ま、待って、待って……蹴ると、その、見えちゃう」

「後でいっぱい見ていいから、脱いで……」

「わわ、わかった、わかったって……」

もぞもぞと脱いだミハエルの性器は勃《た》ち上がっていて、ソフィアは安堵の溜め息を吐いた。

これで大丈夫だろう。もう、問題はないだろう。安心したソフィアは身体の力を抜く。

ミハエルの大きな手が伸びてきて、足の合間に戻ってきたから小さく頷く。

「さ、触るの初めてで……あ、や、柔らかい……」

「んんっっ……」

ふにふにと、遊ぶみたいに性器を撫でられて、ソフィアはミハエルを睨み付けた。

だって、駄目だ。このままじゃ、ミハエルを引っ掻いてしまうかもしれない。服を脱いでもらって時間を稼いだのに、身体は全然落ち着いていないと知る。この身体の熱をどうにかしないと、もどかしさと疼きを早くどうにかしないと、ミハエルに噛み付きそうな気がした。

「……ミ、ミハエル……早く……」

「う、うん……ここ、かな?」

「あっっ、あっ……う、嘘っ、うそっ⁉」

ぬるっと、何かが入ってくる。ミハエルの指だろう。わかっている。わかっているけど、あまりに簡単に入るから、ソフィアは目を見開いた。

性器を指で弄られたことはある。指を入れられると、引き攣り軋《きし》んだ痛みがある。触られているとわかる程度で、痛みと嫌悪感と吐き気しかしなかった。

なのに、コレはなんだろう。ぞわぞわするのに、嫌じゃない。ぞくぞくするのに、痛みもなくて吐き気もない。

入ったまま動かない指に、ソフィアはミハエルを見つめた。

「……は、はいっちゃった？」

「うん……入れちゃった、けど……痛くない？」

「い、痛く？　痛くない……」

痛くない。痛くないから怖い。こんなことは初めてで、縋るような目でミハエルを見たのにわかってもらえなかった。

「思ったより狭くて……でも、びしょびしょで、柔らかくて、熱い、ね」

わからない。わからないけど、ミハエルの指を感じる。身体の中に入っているのがミハエルの指だと頭が認識して、きゅうっと指を食い締めた。

「そ、そう？　そうな、の？　あっっ⁉」

「こんなに狭くて……本当に入るのか、な？」

ゆるゆると、指が動き出す。ゆっくりと引き抜いて、ゆっくりと奥まで探る。指を中に入れたまま揺するから、ソフィアはミハエルの手首を摑んだ。

「……痛い？」

「い、たくなっ……痛くない、けどっ……んっ、んぁっ」

痛くないから、駄目だろう。こんなのは、駄目だ。駄目に決まっている。

もしかして、自分は壊れてしまったのか。壊れたから、身体の中に指を入れられて気持ち良いと感じるのか。

そう。たぶん。きっと。わからないけど、これが快楽なんだとソフィアは怯えた。

「じゃぁ、気持ちイイのかな？」

「わか、わかんないっ……こんな、こんなの、知らないっ！」

「だって、とろとろ零れてくる……ほら」

ぷちゅっと、濡れた音がする。水遊びをしているような、もっと粘性のある泥遊びをしているような、イヤラシイ音が耳に届く。

「あっ、だ、だめ、だめっ、おとっ、やだっ」

「……うん。ここも、舐めてみようか？」

「え？　え？」

もう泣きそうなぐらい混乱しているのに、ミハエルはソフィアの言葉なんて全然聞いていなかった。

ゆっくりと屈んで、ソフィアの腰を持ち上げる。指を中に入れたままなのに、腰を持ち上げてその下に何か柔らかい布を押し込んでいる。

何をしているのか。腰をミハエルに突き出すような恥ずかしい格好にされて、ソフィアは泣きそうなのではなく本当に涙が浮かぶのがわかった。

恥ずかしい。恥ずかしいにも程がある。なのに、ミハエルは満足そうに息を吐いて、ソフィアの下肢に顔を近付ける。

「……ほら、キス、みたいに」

指を入れたまま、ミハエルはびしょびしょの性器を舐めた。

意味がわからない。キスみたいにとか、意味がわからない。もちろん舐められたことはあるが、こんなにも恥ずかしくて衝撃的なことだったとは思いもしなかった。

「……ここ、腫れてるとこ、気持ちイイんだよね？」

「ひっっ⁉　あ、あ、あぁあっっ⁉」

突起を舌で穿《ほじく》られ、唇に挟まれ嬲られる。じゅっと音がしそうなぐらいに吸われて、ソフィアは目の前が真っ白になるのを感じた。

ああ、コレがイくという感覚なのか。どこか遠くで納得する。落とされるような、引き

上げられるような、恐ろしい感覚に身体が震える。

「だめっ、だめっ、すっちゃ、かじっちゃ、やだぁあっっ‼」

ぷしゃっと、蜜液が噴き出す感じがして、ソフィアは硬直しながら痙攣《けいれん》した。

頭の中がぐちゃぐちゃに混乱する。何をされているのか。冷静に判断しようとしても、ミハエルが指を動かすだけで四散する。

駄目だ。本当に駄目だ。コレは駄目だ。泣きそうではなく、涙がぼろぼろと零れる。

「……大丈夫、かな？　凄い、きつくて、狭くて、もう一本入るかな？」

「あっ、あ、あっ……ひゃぁうっっ⁉」

「だ、大丈夫？　ぬるぬるだから入るけど……凄い狭くて……」

大丈夫かと聞いてくれるくせに、ミハエルは容赦なかった。

指を二本入れて、中を探る。ゆっくりと引き抜いて、ゆっくりと奥まで入れる。中で指を曲げられると、頭の中でバチバチ火花が散るんだと知った。

「ひぅっ！　なにっ、ひろげちゃ、だめっ、だめぇっ」

「……あ、ひ、拡がるんだ……でも、きつい、ね？　痛い？　痛くない？　大丈夫？」

はぁっと、ミハエルが大きな息を吐いたのを感じて、ソフィアはふるふると首を振る。

痛くない。痛くないから駄目だ。心配そうなミハエルの視線に怯えるように、ソフィアは何をされるのかわかってしまった。

「い、たく、ないっ、いたくないからっ、だめっ」

「……でもね、ほら、真っ赤で、痛そうだし……大丈夫？」

「いやぁあぁっっ⁉ なめちゃ、やだぁあっっ‼」

少し広げた隙間に、三本目の指が入る。その指が奥まで入る前に、敏感になった突起を舐められて、ソフィアは絶頂を感じた。

もう、無理。これは、駄目になる。馬鹿になる。死んじゃうかもしれない。

「っっ⁉ だっ、大丈夫？ ソフィアちゃん？」

「ひぁっ、あっ、あっ、あっ！」

大きな声を出したせいで驚いたのか、ミハエルが指を曲げるからソフィアの身体は反射的に跳ねた。

イってるのに。高みから落ちているのに。引き上げられているのに。絶頂の途中で中を弄られて、ソフィアの視界が暗くなる。

ふつりと切れる意識の前に、焦ったミハエルの声が聞こえたけど、返事なんてできそうになかった。

第七章　まさかの離婚危機？

恋は甘く檸檬《レモン》の香りがする。相手の目を見るだけで、ふわふわと気分が高揚する。幸せで涙が出て、震える程に相手に触れたくなる。

一応、ソフィアだって、そんな感じで語られている『恋』というのは知っていた。

「今日も、ふわふわだね！」

「……そうね」

はっきり言って、嘘だ。いや、ミハエルにとっては、嘘じゃないのかもしれない。だって、おかしいだろう。おかしいと言って欲しい。むしろ、女のプライドが木っ端微塵の四散爆散で擂《す》り潰した胡麻《ごま》より酷いことになっていた。

初めて好きになった相手との初夜。

初めて肌を合わせた、ベッドの中。

朝、目が覚めた時から、勝負は始まっているだろう。なんの勝負かはわからない。わからないけど、勝負は勝負だ。

ソフィアはあまり寝起きが良くないので、脳が動き出すまで時間がかかる。それが、敗因だった。最初の最初、初手からミハエルに負けてしまった。

眩しい朝日。ミハエルも自分も一糸纏わぬ姿。腕枕なんてされていて、自分を見つめているミハエルは幸せそうにソフィアの髪を梳いている。

おはよう、と声に出したら、ミハエルの顔が真っ赤に染まった。

そっと、大きな手で目を隠されてしまう。恥ずかしいから見ないでなんて言われて、どうすれば良かったのか教えて欲しい。そんな可愛らしく照れるのは、コッチの方じゃないのだろうか。なのに、嬉しくて幸せで死にそうなんて言われて、手を外されたと思ったら抱き締められて、ソフィアにはミハエルの背を優しく叩くことしかできなかった。

それから、おはようのキスを頰と額にされて、何度も何度も大丈夫だったのかと聞かれる。大丈夫だと何度も言って、安心したミハエルに風呂に運ばれる。一緒に入るのだと思っていたのに、どうしてかひとりで残されてしまう。なのに、風呂から上がれば真っ赤な顔で目を閉じたミハエルとバスタオルに迎えられて、わしゃわしゃと拭《ふ》かれてバスローブを着せられ、今まさに髪を手入れされている状態だった。

「編み込みにしてみようか」

「……そうね」

何か、違う。何が違うと明確には言えないけど、何か違う。いや、わかっている。わかっているから言わないで欲しい。

髪の手入れをしてくれるミハエルを、そっと覗き見たソフィアは溜め息を吐きそうになった。

なんだ、ソレは。ソレは、自分が陥る行動じゃないのか。

少しだけ頬を染めて嬉しそうに恥ずかしそうに笑うミハエルに、ソフィアは『恋』というものの大きさを知る。ミハエルが幸せならいいかと思うのだけど、どうにも女のプライドが負けたと叫んでいるので困ってしまう。

「ねぇ、ソフィアちゃん?」

「……なぁに?」

「えっと、何か、その、怒ってる? あ、見てないよ? 身体を拭いたりしたけど、疚しい気持ちはなかったからね!」

昨夜、散々いっぱい物凄くたっぷりしっかり見ただろうとは、ソフィアには言えそうになかった。

いや、そうじゃない。疚しい気持ちがないのは、どうだろう。

確かに、ソフィアは男の疚しい気持ちは嫌いだ。むしろ、男は自分に対して疚しい気持ちしか抱かないと思っていた。

しかし、変われば変わるものだと、ソフィアは心の中で自嘲した。

「怒ってないけど……どうして一緒にお風呂に入らなかったのかなって思ってる」

「えっ⁉ そ、そんな、恥ずかしいよ！」

鏡に映っているミハエルは真っ赤で、これが自分に足りないモノなのかと、ソフィアは妙に納得する。

でも、おかしいだろう。コレは、女であるソフィアがすることで、ミハエルが照れることなど何もないと思う。

「……最後までしてないけど初夜も済んだ……ん？　それとも」

自分の発言でソフィアは、もしかしたらと気付いてしまった。

確か、昨夜は気絶してしまった気がする。その後に何があったのか、ソフィアに確かめる術はない。

ならば、別の疚しい気持ちがあるのではないだろうか。気絶したソフィアと契ってしまって、ミハエルは照れているのか。

ただ、残念だが、下肢に違和感はない。純潔を散らすというのは痛いと聞いているし、痛みがあるのなら翌朝にも辛さは残っているだろう。

「した、のかしら？　多分、気を失ったと思うのだけど、最後までしてくれた？」

「え？」

「気絶した私と契ってくれたのかしら？」

それとも純潔を散らした翌朝というのは、この程度のものなのかと思ったが、ソフィアはミハエルを見て誤解だと気付いた。

ぷるぷる震えているミハエルを見て、契ってないのかと落胆する。どうせなら、あのまま契ってくれた方が助かったのにと、ガックリと肩が下がる。

「……して、ないのね。しても良かったのに」

「し、しないよ⁉　そっ、そんなの駄目だろう⁉」

「……むしろ、して欲しかったのに。気を失うなんて情けない」

舌打ちが出そうなぐらい気落ちしたソフィアは、紫色の顔色で震えるミハエルを気遣えなかった。

あれだけ意気込んで押し倒したりもしたのに、結局ソフィアは棄権《きけん》したというか脱落したというかドロップアウトしている。情けないにも程があるだろうと思っていたら、ミハエルが後ろから抱き付いてきた。

「ぼ、僕は、ソフィアちゃんの意思を尊重するよ！」

「……私の意思を尊重するなら、あのままヤってしまって欲しかったのだけど」

「そういうのは駄目です！　意識のない相手に何かするなんて駄目だよ！」

ぎゅうぎゅう抱き締めながら、ミハエルは泣きそうな顔になっている。あの後は、温かい濡れタオルでソフィアの身体を清め、抱き締めて眠ったのだと教えてくれる。

本当に、優しい。優しいと思うのだが、そうじゃない。夫婦なんだし、コッチはヤって欲しいとヤる気満々だったのだから、いっそ犯して欲しかった。

「そ、それに……ソフィアちゃんの身体に負担がかかりそうだったし……あんなに狭いとか、聞いてないし……」

「……純潔を散らすのだから、痛くて当たり前じゃないのかしら？」

「だか、ら……せめて、痛くないように、その、ちゃんと慣らしてからの方がいいと思う」

紫色から赤色の顔色に変わったミハエルが、ソフィアの首筋に顔を埋める。拗ねた子供みたいに頬を擦り付けてくるから、ソフィアは苦笑した。

強引で強欲で己の欲ばかりを押し付けてくるばかりの男とは、正反対のミハエルだからこそソフィアは好きになったのだろう。

「慣らしたら、ちゃんと最後までシテくれる？」

「だ、だから！　そういうこと言っちゃ駄目だよ!?　男は狼《おおかみ》なんだからね！」

「ミハエルが狼になる条件を教えてくれないかしら？　条件満たしてくるから」

本当に真剣に教えて欲しいと、ソフィアはミハエルの頭を撫でた。

昨日しているのだから、ミハエルだって男だとわかっている。しかし、気を失ったソフィアに無体を働けないミハエルでは、狼度は高くないだろう。朝に乙女度が負けたせいか、やっぱりミハエルにその気がないのではないかと疑ってしまう。

「駄目だよっ……そういうのは夜じゃないと！」

「……夜……夜だけか……条件、厳しいのねぇ……」

立ち直ったミハエルが高速で編み込みを開始し、ソフィアはどうしていいかわからなくなった。

今までと違い過ぎて目眩がするというより、どうして自分の魅力はミハエルには通用しないのだろうと苛々する。

本当に使えない魅力だろう。他の男には効き過ぎて誘拐されまくり、唯一好きだと思った男には効かないなんて虚し過ぎた。

「……じゃぁ、キスして。頰や額じゃなくって、唇にキスして」

「えっ!?」

「……そんな必死になって編み込みしなくていいから。夫婦なんだから、唇にキスしてくれてもいいと思うの」

大きくて節くれ立った無骨な指なのに、物凄く器用に動いてソフィアの髪が編み込まれていく。髪の手入れの時は後ろにいたけど、編み込みをする為に横に座ったから、鏡越しでなくてもミハエルの顔を見るのは簡単になる。

困った顔をして頰を染めているのを見ると、乙女度というか女子力が負けるのは仕方がないと教えられた。

でも、だけど、そんな恥ずかしい。ぶつぶつミハエルが言っているのが聞こえる。頰とか額なら挨拶だけど、唇とか特別っぽくて恥ずかしい。高速で指を動かしながら言うミハエルに、ソフィアの心臓は甘く絞られる気がした。

「……ミハエル？」

「う、うん。あ、終わったよ！　今日も可愛いね。僕のお嫁さんは！」

「……いいから。キス」

ミハエルを困らせているのはわかっている。へんにょりとして顔が困ったと言っているので、見ればわかってしまう。

しかし、譲《ゆず》れないことはある。女として負けているかもしれないけど、ソフィアだって女として『恋』に溺れてみたかった。

「……ミハエル？」

「ソフィアちゃん……ソフィアちゃんは可愛いんだから……そんなこと言っちゃ駄目なんだよ？　男は危険なんだよ？」

そんなことは言われなくてもわかっていると、ソフィアは顔を顰める。

でも、初夜の後の朝に甘い雰囲気がなくてどうするというのか。最後までしていないけど、初夜は初夜だ。確かに凄い甘い雰囲気を感じた場面があったけど、ミハエルだけが甘い雰囲気を出していたので数には入れない。

もっと、近くなれるのかと思っていた。もっと、夫婦っぽく甘い雰囲気を纏わせられるのかと思っていた。

「……ミハエル以外の男なんて気持ち悪くて触りたくもないし見たくもないから。ミハエルだけ特別なのに、どうしてミハエルだけ私に触れてくれないの？」

真顔で真剣に言えば、ミハエルの目が丸く開かれる。眉尻が下がって困った顔になるのに、頬が赤く染まっていく。じわじわと嬉しそうな顔になるのを見て、あ～可愛いなぁとかソフィアは思っていた。

「そうか……そうだよね……ソフィアちゃんの過去があるからって、僕は臆病《おくびょう》になっていたのかもしれないね……」

「……え？　臆病？」

「必要以上に、その、性的な感じで触れるのは、嫌じゃないのかなって」

ずっとずっと思っていたと、ミハエルは恥ずかしそうに笑う。髪も編み上がってしまったのか、櫛を置いてソフィアを撫でる。

「だって、嫌われたくないからね。ソフィアちゃんの嫌がることはしないって、誓ったんだ」

ミハエルの手が頬に添えられて、ソフィアは唇にキスをもらえた。

ふにっと、触れるだけのキスだけど、それが嬉しくてソフィアは笑う。昨日のせいなのか、昨日のお陰なのか、今までは抱き締められてもどこに手を置いていいかわからなかったけど、ミハエルの背に回してぎゅうっと抱き締める。

「いっぱいキスしよう」

「……そうね」

すりすりと、唇を合わせたまま喋るミハエルに、コレをキスと呼んでいいのかソフィアは少し悩んだ。

でも、気持ち良いからキスでいいだろう。何となく、ミハエルに合っているような気がする。

「特別みたいで、いいよね……」

「んっ……ちょっと、擽《くすぐ》ったいけどね……」

「ふふ、ソフィアちゃんが笑ってくれるなら、いくらでもキスをするよ」

顔中いっぱいキスされて、ソフィアが首を竦めて笑うと抱き上げられた。

風呂に入っている間に用意されていた服が、ソファに並べられている。もちろん、ミハエルが編んだカーディガンも置いてある。

「着替えは手伝ってくれないの?」

「……もう。そういうのは、可愛いソフィアちゃんが言っちゃ駄目なんだって」

一応、狼になる気はあるらしいミハエルは、やっぱり聖人君子でしかなくて、ソフィアは笑いが込み上げてきた。

なんか、凄い。コレは凄いだろう。昨日、初夜を済ませたというのに、ミハエルは変わらない。本当に男なのかと疑いたくなるぐらいに、変わらない。

普通ならば、もっと欲に塗《まみ》れていてもいいのではないか。一度やってしまったのだから、箍《たが》が外れてもおかしくないような気がした。

だって、最後までしていない。ソフィアだけが気持ち良くなってしまった気がする。なのに、まだ清く正しく美しくを守っているなんて、なんだか申し訳ないような気さえする。

「初めての時に、パンツまで穿かせてくれたのに？」

「あ、あれは……なかったことにしよう……ね？」

ミハエルは顔を真っ赤にして、手で顔を覆ってからソフィアに背を向けた。

だから、どうして、そう可愛いのだろうか。狡いと思う。だから、そういうのは女である自分の役目だと思うのだが、どうだろうか。

もそもそと着替えたソフィアは、まだ手で顔を隠しているミハエルの肩を叩いた。

「着替え終わった？」

「……ああ。裸のまま呼べば良かったのね」

「だっ、駄目だよ！　そんなことしたらっ、襲われちゃうよっ⁉」

「……ミハエルなら襲ってくれてもいいのよ？」

「……よ、夜に、ね？」

ちゅっと、鼻の頭にキスをされて、当たり前のように抱き上げられる。こういう触れ合いは躊躇《ためら》わないのに、少しでも疚しくイヤラシイ雰囲気が漂うと駄目らしい。

今までの男と違い過ぎて、ソフィアは苦笑する。こんなに違うから本当に男なのかと疑ってしまうのだと、ソフィアはミハエルの頰にキスをした。

「今日の朝食は何かしら？」

「君の好きなキャロットラペに、君の世界のサンドイッチだよ」

「それは楽しみねぇ」

部屋を出れば、使用人達がにこやかに挨拶をしてくる。仲が良いですねとか言われて、本当に夫婦となった今は少し恥ずかしい。

でも、恥ずかしさに頬が赤くなる前に、ソフィアは気付いてしまった。

アエロアに何を言われるだろうか。にやにや笑って、揶揄《からか》ってきそうな気がする。自分は慣れているからいいが、ミハエルが赤くなるところを見られるのは嫌だなと考えて、やっぱり乙女度は自分に装備されていないのだとわかった。

「おはよ。ソフィア。ミハエル」

先に食堂にいて食事の用意をしていたアエロアが、ソフィアとミハエルを見て手を挙げる。アエロアもソフィアと同じで、料理はできない。料理はできないから、食器を並べたり言われた物を運んだりしているらしい。

ちなみに。五十歩百歩とか、目糞鼻糞《めくそはなくそ》とか、団栗《どんぐり》の背比べというか。ソフィアはアエロアの方が暗黒物質を生産すると思うのだが、アエロアはソフィアの方が宇宙からの使者を生産すると思っている。

そんなことを考えていたら、ミハエルは爽やかにアエロアに挨拶を返していた。

「おはよう！　アエロア。食事の用意、手伝うね」

いつものように、ミハエルはソフィアを椅子に下ろしてから台所に向かう。いつもと違うのは、台所に行く前にソフィアの頬にキスを落としたことだろう。

「……ふぅん、へぇ、ほぉ」

「……おはよう。アエロア」

「上手くいったようで何より」

にやにや笑うアエロアに頬を突《つっ》かれて、ソフィアは少しだけ顔を顰めた。

これは、遊ばれる。揶揄われるよりもひどく遊ばれる。根掘り葉掘り聞かれたりするような気がしないでもない。男に攫われた時は何も聞かずに黙って傍にいてくれたけど、この目は楽しいと思っているから容赦してくれないだろう。

しかし、絶対に聞かれたくないとか、気持ち悪くて言いたくないとか、そういうことではないからソフィアも観念した。

「……最後までは、してないんだけどね」

「……え？」

遊ばれ揶揄われても、ソフィアはアエロアに頭が上がらない。

どうしようもない結婚だと思っていたから、アエロアは全てを捨てて一緒に来てくれたが、これでは詐欺《さぎ》のようなものだろう。一応、ソフィアだって、アエロアの未来を奪ってしまったと反省はしていた。

だけど、ソフィアだって予想外の不意打ちで想定外だったのだから許して欲しい。異次元に来たのか、異世界に来たのか、そう悩むぐらいに意外で肩透かしだったので許して欲しい。

「でも、まぁ、ちゃんと仲の良い夫婦になれそうだから……」

「……は？」

昨日のことを話すのは恥ずかしくて恥ずかしくて恥ずかしいが、言いたくないことでもないからと、ソフィアは視線をうろうろさせた。

揶揄われるのも遊ばれるのも嫌いだが、これは違うのかもしれない。どちらかと言うと、惚気話《のろけばなし》になるのか。まさか、自分が惚気ることになるとは思わなかったと、少しだけ頬を赤く染める。

恥ずかしいのに、誇らしい。言わなくても問題はないけど、聞いてくれるのなら言ってみたい。

そんなことを考えて視線をアエロアに戻せば、なんだか物凄くしょっぱい顔をしているからソフィアは首を傾げた。

「アエロア？」

「……え？　だって、アンタ、親からの手紙で」

「……あ」

すわわわっと、ソフィアとアエロアの顔色が悪くなる。それはもう、真っ青を通り越して真っ白になった。

思い出した。思い出してしまった。どうしようもなく、思い出してしまった。

どうして忘れていたのか。それが肉体関係を持とうと思った原因じゃないか。子供を仕込んで帰らなくていいようにしようと思っていたのに、すこーんと忘れていた。

「……ど、どうしよう」

「……いや、でも、まぁ、うん。体格差もあるし。そう簡単には」

真っ白な顔色でおろおろと意味もなく周りを見回していたら、アエロアが珍しく気を遣って慰めてくれる。

でも、そうじゃない。そうじゃないだろう。どうしようかと聞いている。

「……で、でも、どうしよう」

「……だ、大丈夫だって！　手紙なんだから、とりあえず返事出せばいいじゃない」

アエロアの言葉に、ビシャーンと雷に打たれたようなソフィアは目を見開いて必死に頷いた。

そうだ。手紙だ。手紙の返事を出さなければならない。手紙を持って来た使いは、この城でソフィアの返信の手紙を待っている。

ここで両親を説得するしかない。家に帰らなくていい状況だと納得させなければならなかった。

「……へ、返事、そうね、返事よね。返事……よね？」

ぼしょぼしょと、ソフィアとアエロアは小声で相談する。額をくっつける勢いで内緒話をして、お互い顔色をどんどこ悪くさせる。

だって、どうすればいい。昨日だって混乱の極みで、ソフィアはミハエルと子供を作るとか安直に思っていた。子供ができれば、人の世界なら離婚はできない。肉体関係があれば、人の世界なら離婚することはできない。

なのに、最後までやらなかったなんて、ソフィアは滅茶苦茶後悔した。

「どうして疑問形なのかな？　手紙の返事で仲良しアピールして。ほら、今朝なんてキスとかしてラブラブしてた、とか。移動手段は抱っこだとか」

必死に考えてくれているアエロアには悪いが、初手も初手、初心に返って考えるとソレを手紙に書いても無理だろう。

どうしてソフィアが子供を仕込もうと思ったのか。どうしてソフィアが既成事実を作ろうとしたのか。アエロアも初心に返って思い出した方がいい。

「……アエロア」

「……何よ？」

最近はウザイぐらいにラブラブだからと、本音をポロリと零したアエロアは首を傾げてソフィアを見た。

だからソフィアは、そっと首を振る。残念だけどと、小さな声を出してから首を振る。

「私ですら、そんな手紙が来たら、『きっと脅されて書いてる』って思うんだけど」

「アンタの過去が憎いっ……男運ないにも程があるでしょっ……」

そうだった信じないって言ったの自分だった、とアエロアは頭を抱えて唸り出した。

その通りだ。事実を書いても信じてもらえないだろう。それだけの過去を背負っているという、嫌な自信がある。

どうしようかと悩んでいると、焦った顔のバルテニオスが食堂に入って来た。

「やぁ！　ソフィア様にアエロア。申し訳ないけど、ミハエルと少し話があってね」

普段から元気なバルテニオスだが、今朝はどうにも空元気っぽさが否めない。しかも、きっぱりとは言わないけど、そわそわと落ち着きなさそうにアエロアを見ていた。

どうやら、言いたいことがあるらしい。言いたいけど言えないような雰囲気を感じて、席を外して欲しいのかと、ソフィアもアエロアを見た。

「え？　ああ。そう。私もソフィアに話があるから丁度いいかな！」

「そ、そうね」

「すまない！　それでは失礼するよ！」

本当に慌てているのか、バルテニオスは一礼してミハエルのいる台所に入っていく。走らないところは育ちがいいんだと思わせるが、走っているかのような焦り方に目を丸くする。

どうしたのか。何があったのか。そう思うが、目の前のことを片付けるのが先決だとソフィアはアエロアを見た。

「……ソフィア。とりあえず、返事を書こう」

「そうね……返事を書いても、両親に届くのに数日かかるものね」

ソフィアが言う前に、アエロアが言うから頷くしかない。実際に、返事を書くしかないだろう。そのぐらいしか、できることはない。

「食事も……私の部屋でしようか？」

「その方がいいかもねぇ……」

食堂を出る前にアエロアが使用人に言付けをしていた。

ミハエルが今朝のメニューがサンドイッチだと言っていたから、返事の内容を考える間に食べられると溜め息を吐く。

きっと、美味しい。ミハエルの作る食事は全て温かくて美味しい。でも、味なんてわからないだろうなと、ソフィアは悲しくなった。

アエロアの部屋で、ソフィアはペンを握り締める。散々悩んだあげく、事実を書くしかないと結論が出て、やっぱり味がしなかったサンドイッチに胸が痛んだ。

「事実……事実って言っても……」

ソフィアは数十分もの間、ペンを握って便箋《びんせん》を睨み付けている。ミハエル特製獣の世界サンドイッチを食べながら何を書くか考えて、内容は決まっているというのに出だしすら書けない。どうしても浮かばないから、それはもう親の仇《かたき》かと思う勢いで綺麗な便箋を睨み付けていた。

だって、仕方がないだろう。まず、手紙を書く機会がない。兄達が家の中で手紙で会話を試みてきたが、その返事は手紙とは言えないだろう。

なのに、手紙に書く内容が決まったせいか、アエロアは安心して『自分の役目は終わった』とばかりに寛いでいた。

「大丈夫。何かもう、笑えるぐらいにラブラブ夫婦やってるから、ソフィア」

「わ……笑えるのね……笑っちゃうのね……」

変われば変わるものだと感傷に浸る前に、男も色々といるのだと感慨《かんがい》深くなる。随分と色々な男を見てきた気がするけど、ミハエルみたいな男も存在するのだと知れて嬉しいと思える。

だけど、まさかの事態だ。

今までが今までだったせいで、両親は信じないだろう。その目で見てきたアエロアや、その身で受けてきたソフィアだって信じがたい。

さすがに、もう、ミハエルに裏があるとは思えないのだが、最初は確実に絶対に裏があると思っていた。

ああ、そうか。そう、書けばいいのか。男なんて同じだと思っていた。だから、ミハエルが優しいのは裏があると思っていた。夜には酷いことをされる。結婚式が終われば嬲られ弄ばれる。なのに、ソフィアの身を案じることしかしないミハエルに、下半身だけ脱いでベッドに上がったら怒られた。それはもう、涙目で怒られて自分を大事にしろと言われて、男にパンツを穿かせてもらう日が来るとは思わなかった。

大事に大事にされている。ミハエルは髪の手入れが上手い。ソフィアのふわふわの髪が好きだと言う。今日の編み込みもミハエルがやってくれた。

夜は。閨《ねや》の中は。ソフィアには今までのことがあるからと、ミハエルはゆっくりやっていこうと言う。昨日、初めて唇にキスをした。大きくて厚くてゴツゴツした手に撫でられて、初めてもっと触って欲しいと思えた。

何度も大丈夫かと聞かれて——と、そこまで書いたソフィアは顔を赤くして二重線で言葉を消す。ここまで書く必要はないだろうと溜め息を吐いた。

「……なんか、騒がしいわねぇ」

余程、必死になって手紙を書いていたのか、アエロアの棘《とげ》のある言葉にソフィアは顔を上げる。

よく見れば、アエロアは顔を顰めている。目を細め、耳を扉に向け、じっと先の方を睨み付けていた。

「え？　手紙に集中しててわからなかったけど……騒がしい？」

ペンを持ったまま、ソフィアはアエロアと同じように扉の先を見る。扉の先が見えるのではない。扉の先にある音を拾おうと耳を立てた。

嫌な予感がする。じわりと這い上がってくるような不安が、嫌な予感を裏付けた。

悲しいが、嫌な予感は当たる。昔から、嫌な予感しか感じなかったけど、そういうのは確実に現実となる。大なり小なり、何かあるだろうとソフィアは唇を噛む。

考えていた通り、少し慌てた足音が聞こえてきて扉の前で止まり、遠慮がちにノックされた。

「ソフィア様。アエロア。少しいいだろうか？」

「バルテニオス？　構わないけど……」

ゆっくりと立ち上がったアエロアが扉を開く。朝に会ってから一時間も経っていないのに、バルテニオスは憔悴《しょうすい》しているように見えた。

どくどくと、心臓の音が聞こえる。ペンを持つ手が震えている。

「何があったの？」

「……ミハエルの……いや、国王から手紙が来てね」

「うんうん。嫌な予感がするねぇ」

手紙という言葉だけで、ソフィアは動けなくなった。

扉を開けた状態で、扉の近くでバルテニオスとアエロアは話している。中に入ってもらえばいいのに、アエロアはバルテニオスを部屋に招かない。

ソフィアがいるからだろうか。いや、違う。声は届いているのだから、部屋の中に入っても入らなくても同じだ。

ならば、アエロアもバルテニオスも焦っているのだろう。バルテニオスは拳を握り、少し早口で話し出す。

「前にも話をしたけど……卑劣で下劣で最悪な嫌な男なんだよ……」

仮にも国王だというのに、バルテニオスは吐き捨てるように言った。

しかし、わからなくもない。獣の世界にまで、この国王の醜聞や傍若無人《ぼうじゃくぶじん》っぷりや暴君っぷりが届いている。

だけど、珍しいだろう。従者とはいえ王族の中で育った、育ちのいいバルテニオスが声を荒らげていた。

「本当に最悪でねっ……ミハエルには何も罪はないというのにっ！」

「そうだねぇ。あの、お坊ちゃまに何かするってだけで最悪な部類に入るだろうねぇ」

「わかってくれるかい⁉」

誰だってわかるだろう。わからないのは、当の本人だけというヤツだ。

しかし、バルテニオスは味方を得たと思ったのか、縋るようにアエロアを見る。賛同得たりと叫び出しそうなぐらい、焦って混乱しているとわかった。

「このソフィアだって、お坊ちゃまには捻くれられないんだよ？　このソフィアが！」

「……ちょっと待ってアエロア」

やっぱりアエロアも焦って混乱しているのか、バルテニオスに訳のわからないことを言い出している。

手紙を書く為にソファに座るソフィアと、扉の所で話し込んでいるバルテニオスとアエロアは少し距離があるから突っ込みもままならない。

「優しくて可愛い奥方が来てくれたって、俺達の間でも評判なんだよ！」

「え？　ソフィアが優しいっ⁉」

「……だからアエロア」

素で驚いているアエロアに、ソフィアは立ち上がって傍まで行って頭を叩くべきかと、真剣に悩んだ。

バルテニオスはアエロアの言葉が気にならないのか。結構、酷いことを言っているような気がしないでもないが、気にならないのだろうか。

そんな、どうでもいいことを考えてしまう。だって、心臓が煩い。掌に汗が滲む。ペンを取り落としてしまいそうだと、ソフィアは顔を顰めた。

駄目だ。何かわからないけど、駄目だ。本当に、嫌な予感がする。

「この国境の田舎も整備が終わって、周りにも評判がいいらしい。いつ戦《いくさ》が始まるかわからないから……一般人は二の足を踏んでも、傭兵達はこの城に仕えたいと」

「まぁ、そうだろうねぇ。ここは明るくて活気があるから」

バルテニオスの言葉に、アエロアは頷いて肯定していた。

実際、ソフィアも驚いた。戦いとなれば最前線となる国境の田舎だと聞いていたのに、見れば清潔そうで活気も溢れている。

ここまで導くのは大変だっただろう。でも、そうじゃない。バルテニオスが言いたいのは、きっとそういうことではない。

「……それで、その、奥方には悪いのだが……この縁談が持ち上がって、だな」

「ああ、不義の子を生んだ母親のしたことを思い出せって感じで、獣の世界に縁談を持ち込んだって噂を聞いているねぇ」

「いや、まぁ、そうなんだが……アエロア、ちょっとは言葉を選ぼうか？　ソフィア様は優しく献身的にミハエルを支えてくれているよ？」

「あははは！　ソフィアが？　それは、ない！　ない！」

ソファに座ったままのソフィアは、扉の所で話し込むバルテニオスとアエロアの所に駆け寄って突っ込みを入れるべきかと真剣に悩んだ。

でも、バルテニオスが突っ込みを入れてくれているから、ソフィアは立ち上がらない。ぼんやりと扉の所で話し込む二人を見て、脳内だけで突っ込みを入れる。

いや、違う。

立てなかった。立ち上がる気力がなかった。嫌な予感のせいで、どうしてもソフィアは動けなかった。

「……そ、そんなことはないだろう？　街の皆にも、ソフィア様の評判は良いんだよ？」

「ソフィアは容姿は可愛くて儚《はかな》くて秀麗だけど、まやかしだからね？」

「まっ、まやかし？　いや、まぁ、その、ミハエルがソフィア様と仲睦《なかむつ》まじく過ごしていると、街の皆が喜んでね。跡継ぎが生まれたら、この街もさらに繁栄するだろう、と」

もう、アエロアに突っ込みを入れるのも馬鹿馬鹿しくなる。

普段通りにも程があるだろう。ソフィアと話をしている時と同じだと思い、アエロアも外面を取り繕えてないことに気付いた。

きっと、アエロアも、ソフィアと同じ嫌な予感を覚えている。嫌な予感を覚えているから、猫を被れないし饒舌《じょうぜつ》だし、無意識に笑い話にしようとしている。

「……それが……その話が、王都に届いてしまったんだ」

顔色が悪くなる瞬間というのは、何度見ても悪寒が走った。

真っ青な顔でバルテニオスがアエロアを見ている。ソフィアに視線も寄越さないのは、その手紙にソフィアのことが書かれているからだろう。

「……嫌な予感がするねぇ」

「ああ。俺も嫌な予感がしていたんだが……まさか、ここまでとは思わなかった」

もっとこの部屋が大きければ見えなかっただろうが、ソフィアの目にはバルテニオスが涙を浮かべるところまで見えた。

悔しいのか。怒りなのか。憎しみなのか。わからないけど、バルテニオスは拳を握り締めて俯いてしまう。

アエロアは後ろ姿で顔は見えないけど、嫌な予感を確かめるのは嫌なのだろう。普段なら結論を急かすのに、国王からの手紙に何が書かれていたのか聞きもしなかった。

だから、ソフィアは息を整える。ゆっくりと息を吸って、こくりと唾を呑み込んで、聞きたくないけど扉の所にいるバルテニオスに問いかける。

「……ねぇ。バルテニオス？　なんて書いてあったの？」

「……ソフィア様……その、言いにくいんだが……ソフィア様を帰して、他の女と結婚しろ、と」

ソフィアの頭の中が、真っ白になった。

一瞬、どこにいるのか、何をしているのか、誰が何を喋ったのか、どんな言葉を聞いたのか、それすらわからなくなる。

ああ、そうか。そう来るか。そうだろう。噂でソフィアを選んだ国王ならば、そうするだろう。

頭の中で、どこか冷静な部分は、そう納得していた。だけど、頭の中の、ほとんどの部分が、それを理解できない。

混乱。動揺。恐慌。錯乱。震える手は無意識に動いて、手紙に何かを書き込む。

「有り得ないだろう⁉　どこまでミハエルが憎いんだっ‼」

「……お坊ちゃまが憎いんじゃなくって、自分のプライドを傷付けたモノが憎いんだろうねぇ」

怒りに任せて叫ぶバルテニオスと冷静に判断するアエロアの声を聞きながらソフィアはペンを動かし、規則正しい筆致で書かれていた手紙の終わりに震える字を躍らせた。

国王が。帰れと。他の女をミハエルに。結婚式も挙げたのに。神の代理に誓ったのなら、離婚できないんじゃないのか。最後までしてないけど、初夜も迎えた。帰りたくない。ミハエルと一緒にいたい。ミハエルが、いい。ミハエルじゃないと、駄目だ。

「僕は離婚なんてしないよっ‼」

開きっぱなしの扉から、ミハエルが飛び込んで来る。真面目な顔で真剣に叫んでいるミハエルに、部屋にいた全員の視線が集まる。

だけど残念かな、ミハエルの腕には手紙を持ってきた使いが抱えられていて、どれだけ混乱パニック乱心しているのかわかる感じがした。

「ミハエル⁉」

「ちょっ！　それ、うちの使いだから！　うちの手紙持ってきた使いだから‼」

バルテニオスは卒倒しそうな感じでミハエルに腕を伸ばしている。アエロアは無意味に両腕を振り回して慌てている。ミハエルの腕に抱えられた使いは、耳を立てて尻尾を膨ませ呆然と固まっていた。

「だって、もう、僕とソフィアちゃんは、にっ、肉体関係だってあるからね‼」

「聞いてないっ聞いてないけどおめでとうっミハエル！　ようやくだねっ‼」

「最後までヤってないくせに堂々と！　ああ、もうっ、うちの使いが猫騙し喰らったみたいに固まっちゃってるじゃない！」

あのミハエルが皆の前で肉体関係とか言い出すなんて、余程パニくって混乱しているのだとソフィアは思う。

でも、おめでとうとか言うバルテニオスも、どうだろうか。ついでに、最後までヤってないとか言うアエロアも、どうだろうか。

ソファに座ったままのソフィアは、扉の前の大惨事を見つめるしかできなかった。

「今までは国王の命に従ってたけどっ……これは従えないよ！　ソフィアちゃんは僕のお嫁さんなんだ！　いっぱいキスするって約束したんだ‼」

「その通りだミハエル！　いっぱい……いっぱいキス？　まぁ、仲睦まじい夫婦ってことだね！」

「キスでもなんでもすればいいから！　うちの使い下ろしてあげて！」

わらわらと廊下に使用人達が集まっている。扉から見えるだけでも大勢いるから、きっと城中の使用人達が集まって来たのだろう。

当たり前だ。こんな大声を出していれば、誰だって気になって見に来る。しかも、ミハエルは使いを小脇に抱えて走って来たのだろうから、何事かと心配になるのは当たり前だと思った。

しかし、使用人の数人が走り去ったりしているのを見ると、この話は数時間後には城にいる全員に広まってしまうだろう。いや、街中に知れ渡るとわかった。

小さな街はプライバシーも何もない。遠乗りや街に遊びに行くと、もどかしげに生温く見守られていた意味がわかってしまう。

コレは、アレか。初々《ういうい》しい夫婦を見守る感じか。お互いの過去があるからこそ、街の者達も何も言わずに見守ってくれたのかもしれない。

そういえば、色々とお祝いの品をもらった後に同じ言葉を言われた。

蜂蜜酒をくれたり、ソフィアの知らない木の実や菓子をくれたり、裏表に「YES」と書かれた枕をもらったりした。そして、皆が口を揃えて言う。

『これは効くから！』『身体が温まるのよ！』『可愛い世継ぎを期待してますね！』

そうか。子供を作れと言っていたのか。むしろ、なんで、まだヤってないんだと言っていたのか。はっきりと言われたらミハエルが困っただろうが、はっきりと言われてないから曖昧《あいまい》に笑って誤魔化してしまった。

いや、違う。

そうじゃない。こんなことを考えている場合じゃない。ギャーギャーもちゃもちゃしているミハエルとバルテニオスとアエロアと、未だに固まったままの使いの前に、ソフィアはソファから立ち上がり一歩踏み出した。

「落ち着いて。騒いだって、どうにかなるものじゃないわ」

「……ソフィアちゃん」

ミハエルが不安そうな顔でソフィアを見る。

バルテニオスは目に涙を浮かべながら、頼りになる奥方だと感激している。そんなバルテニオスの肩を叩くアエロアは、しょっぱい顔をしている。

「私も帰りたくないし……離婚なんて、嫌だから……」

「ソフィアちゃん!」

まだ使いを抱えたままのミハエルは、ソフィアを見て目をうるうるさせていた。

バルテニオスも必死に頷いている。良かった良かったと言うバルテニオスに、アエロアが静かに首を横に振る。

「子供を作りましょう！」

「………え？」

「作ってしまえば、コッチのもんです！　人の世界では肉体関係があれば離婚できないと言うじゃないですか！　結果があれば誰もが納得するわ！」

「……そ、ソフィアちゃん？」

そうだ。初志貫徹だ。初心忘るべからず、だ。

最初から、子供を仕込んでおけば良かった。そうすれば、離婚なんて言われても、鼻で笑っていられただろう。

両親からの帰って来いという手紙だって、子供が仕込まれていれば簡単に返事が書けた。

国王からの手紙だって、子供がいるから無理ですと上から目線で断れた。

あまりにショックなことが立て続けに起きて、ソフィアは考えることを放棄《ほうき》する。考えても無駄なぐらい衝撃的なことが襲ってくるから、最初から子供を仕込めば良かったのだという暴力的な結論に達する。

「噂は噂だけど私、処女だし！　ミハエルそっくりの子を産んでみせるから！」

「ソフィアちゃんっ！　そんなこと女の子が大声で言っちゃ駄目だよっ‼」

握ったままのペンを高く掲げて、ソフィアは宣言した。

もう、コレしかない。コレしかないだろう。コレが一番だ。むしろ、他に案があるのなら、ココに持って来て欲しい。

「……あれ？　奥方も混乱、してる？」

「ペン持ったままでしょ……あの子、真顔で冷静に混乱するタイプだから……」

バルテニオスの判断は正しかったが、アエロアの言葉が虚しくそれを肯定しても、事態は改善されなかった。

　とりあえず、ソフィアが書いた手紙を使いに渡して、両親に持って行ってもらうことにした。

　最速でとお願いしたので、きっと凄い速さで家に帰るだろう。使いの速さは確かだ。趣味は乗馬で、競走馬に乗ることが夢だと言っていた。それに、ミハエルに小脇に抱えられたせいか、緊急性はわかっていると思う。むしろ、急がなければいけないと、焦り過ぎなければいいと思うぐらいに焦ってくれると信じていた。

　それから、国王への手紙は保留にしてある。

　理由は簡単で、何を言っても無駄だとわかっていたから。むしろ、何かを言えば言うだけ反発されるだろう。

「……ソフィアちゃん」

「なぁに？」

ついでに言うと、一時間もしないで城中どころか街にも話は広まってしまった。

どうして話が広まったのがわかったのかと言えば、街の者達が城まで押しかけて来たからだ。ソフィアとミハエルも、ドっと押し寄せてきた街の者達を見ている。

どういうことだ。国王は何を考えている。巫山戯《ふざけ》るな。ミハエル様をこんな田舎街に放り出して、勝手に結婚決めて、離婚しろとは何事だ。

そう叫びながら城に突撃されたのだから、話が広まったと誰もがわかるだろう。

しかも、物騒なことを言い出したらしい。

傭兵の街を舐めんじゃねぇ、とか。国境の戦いを思い出す、とか。まだまだ鈍ってねぇ、とか。武器の手入れは怠ってないからなぁ、とか。

そう。現在進行形、だった。

城の入口では、バルテニオスとアエロアが今にも王への反乱を起こしそうな者達を懸命に説き伏せているらしい。他の使用人達は一緒に謀反《むほん》を起こしそうな勢いだったので、説得の役に立たないらしい。

それでも一部の使用人達が、『やるなら無計画ではいけない。綿密な計画を立てて完璧に完全犯罪を目論まなければならない。今は冷静になるべきだ』と、さらに物騒なことを言いながら説得側に回ったと聞いている。

「……こ、こういうことは……もっと、その、大切にしないといけないよ？　昼間だし」

「そんなことを言っている場合じゃないでしょう？」

大騒ぎで混乱でパニくってて地獄の四丁目に足を突っ込んだ感じだというのに、ミハエルとソフィアは部屋にいた。

しかも、向き合って正座だ。さらに言うなら、ベッドの上だ。ベッドの上で向き合って正座して話し合いをしている。

「あのね、ミハエル」

「……うん」

この際、城の喧噪《けんそう》混乱大騒ぎは、どうでも良かった。

まずは目先の障害を取り除くことが最優先だろう。ソフィアがミハエルの腕を引っ張って部屋に籠《こ》もった時も、使用人も街の皆も何も言わなかった。バルテニオスとアエロアも、ただ黙って見送ってくれたのは、ソフィアの意思を尊重してくれたのだと思う。

「私は、どんな男に嫁いでも良かったの。噂が噂だし、手足の一本や二本はなくなる覚悟だったのよ」

「てっ、手足は二本ずつしかないんだよ!?」

「喉を潰されたり目を抉《えぐ》られたり、痛みや屈辱で狂うことを覚悟してたの」

「ソフィアちゃんっ⁉」

ミハエルはアエロアと同じように恐ろしいモノを見たみたいに叫ぶが、それがソフィアの日常では常識だった。

全てが、どうでも良かった。何もかも、どうなっても良かった。

誰と結婚しても同じ。それならば、両親に今まで育ててくれた恩を返したい。そう思っていたから、家に一番有利な結婚を選んだ。

「……そういう男ばかり見てきたの。そういう男ばかりに攫われていたの」

わかってくれとは言わない。わかるような目に遭って欲しくない。それでも日常を変えたのは誰なのか。常識を変えたのは誰なのか。

それだけは、わかって欲しい。

「だからね。ミハエルが悪いと思うの」

「え？」

「ミハエルがね、私の日常も常識も価値観も変えたの」

そっと、膝の上に置かれているミハエルの手を握る。ぎゅっと握って、ソフィアはミハエルを見つめた。

こくりと、唾を呑み込む。喉がからからに渇いているのは、緊張しているからだとわかっている。

「だからミハエルは責任を取らないといけないと思うの」

「……え？」

「全部、諦めてたのに。諦めて慣れるしかないと思っていたのに。私の知らない……知ろうとも思わなかった……希望とか期待とか、幸せを教えたんだから」

「……ソフィアちゃん」

ずいぶんなことを言っていると自覚していた。だけど、これが本音だ。

むんっと、胸を張るようにソフィアが言えば、ミハエルが苦笑する。困ったみたいに眉を下げ、それでも花のように笑う。

「……うん。そうだね。それは、責任取らないといけないよね」

「ふふ、そうでしょう？」

「……僕も、ソフィアちゃんじゃないと嫌だからね」

寂しそうに言うミハエルに、ソフィアは手を伸ばした。

ミハエルの過去を全て知っている訳ではない。噂を聞いて、語られることから想像するだけでしかない。

でも、失うことに慣れているのだろう。それぐらいは、ソフィアにだってわかった。

下劣な欲望を押し付けられたソフィアに、母や城をなくしたミハエル。どちらが可哀想だとか、どちらが悲しいだとか、そういうことじゃない。

ただ、これから失わなければいい。無くさないように、手の内で育てた幸せを終わらせないようにすればいい。

「ミハエル……じゃあ、子作りしましょう！」

「……うん？　えっ⁉」

ミハエルを幸せにしたいと、ソフィアの夢はソレ一択だった。

だから、子作りだ。子供を仕込んでしまえばいい。それしかない。それが一番だ。他に案があるのなら言って欲しい。

「できてしまえばコッチのもんです！　大丈夫！　怖くないから！」

「ええっっ⁉　まっ、待って待って、ソフィアちゃんっ！」

ミハエルの膝の上に乗り上げて、ソフィアは服に手をかけた。

大丈夫。できる。ミハエルそっくりの子を孕んでみせる。ここで子供さえできてしまえば、国王だって離婚などとは言い出せなくなるだろう。

「ミハエルは、私との間に子供ができるのは嫌？」

「嫌じゃないよ！　もちろん嬉しいけどね！　何か、ちょっと感動したんだけど、感動が吹っ飛んじゃったよ⁉」

あわあわと、慌てるミハエルは可愛いが、どうして抵抗するのかとイラっときた。

いいじゃないか。減るモノでもないし。これで夫婦でなければソフィアの過去と同じで大問題だが、ミハエルは夫なんだから問題はない。

「ま、まだ明るいし！」

「時間がないんだから仕方がないじゃない。昨日だってしたでしょう？」

「夜だったでしょう！　あっ、服剝かないで！　ボタン飛んじゃう！」

むしむしと、ミハエルの服を剝いていたら、手首を摑まれてしまった。

手首を摑まれて、ソフィアは顔を顰める。ぶんぶんと振ってもミハエルの拘束は外れず、眉間に皺を寄せたまま睨み付ける。

どうして止めるのだろうか。本当に時間がない。今日、届いた手紙だけど、無視するにも一週間ぐらいが限界だろう。

それまでになんとかしなきゃいけないというのに、じっとりとソフィアがミハエルを睨めば苦笑された。

「……せ、せめて、僕にやらせて欲しいな」

「して、くれるの？」

「あのね。僕だってしたいんだよ？　でも節操なくガっつくのもみっともないし、ソフィアちゃんの身体のことを考えると……無理させたくないからね」

恥ずかしがり屋のミハエルにできるのかと聞きたかったのに、なんだか勘違いさせてしまった気がする。

大体にして、ミハエルの下心とか、その気とか、したいとか、そういうのは信じられない。まったく全然ちっとも微塵もイヤラシイ雰囲気なんかなくて、悟ってしまった神様とか仙人とかじゃないかと思ったぐらいだった。

「私の身体とか、大丈夫なのに……痣《あざ》とか切り傷とかないし、痛くも苦しくもなかったし、今朝だって痛くなかったし……」

「そういうんじゃないんだよ。昨日だって、泣いちゃったでしょう？」

「……それは……忘れてっ」

ぎゅうっと抱き締めてくれるから、ぎゅうっと抱き締め返す。顔中にキスを落とされて、擽ったくて首を竦める。

「昼間だけど、このぐらいは……ちょっと待ってて」

ソフィアの唇にキスをしてから、ミハエルは立ち上がってカーテンを閉めに行った。

少しずつ視界が暗くなる。この城は戦いに備えて窓は小さいけどいくつもあるから、一つ一つカーテンを閉めればすぐに暗くなる。

最後にベッドサイドのランプに灯を入れ、ベッドの天幕を下ろしてしまえば、即席の夜ができた。

「……もっと、いっぱい慣らしてからの方がいいと思うんだけど」

「ミハエル」

「でもね、僕だけ気持ち良いとか……ソフィアちゃんにも気持ち良くなって欲しい」

ソフィアを止めて、自分ですると言って、自分で夜を作ったのに、ミハエルはこの期に及んで眉尻を下げる。

往生際が悪い。でも、純粋で素直で真っ直ぐで、本当に聖人君子なお坊ちゃまという感じがする。第一王子で王族ではあるが、育ちはアレなのに、よくここまで真っ直ぐ育ったものだと感心してしまう。

しかし、もうちょっとなんとかならないだろうか。もっと周りを見て、察するということを覚えて欲しかった。

「……わ、たしも、気持ち良かった、し」

「本当に？」

「た、たぶん……だって、あんなの、初めてだし、たぶん、その、イくのも初めてで」

恥ずかしい。恥ずかしいにも程がある。このまま憤死《ふんし》できる勢いだった。

ココまで言わなければわかってもらえないのか。見ていればわかるもんじゃないのか。そういえば、今までの男達は勘違いしていたと思い出す。気持ち良いんだとか、イっちゃったねとか、何を見ているのかと問いたいぐらいに勘違いしていた。

そうか。わからないのか。言わなければわからないのか。

目から鱗というよりは、頭の中がスゥっと冷えていく。こんなにも恥ずかしいことを言わなければいけないのかと、ソフィアは青くなる。

「……えっと、昨日、イったの？」

「…………」

なのに、ミハエルは容赦なかった。

容赦がないにも程があるだろう。どうして、追撃してくるのか。聞かないで欲しい。それは聞いちゃ駄目なヤツだろう。

「……み、見てみたいんだけど……その、教えてくれる？　駄目かな？」

「……………………」

真っ赤な顔で嬉しそうに恥ずかしそうに困ったように笑うミハエルを、ソフィアは心の中だけで罵倒した。

それはもう、盛大に罵倒する。そんな羞恥ずかしいところを見せて、そんな羞恥ずかしい宣言をして、ミハエルにイくと教えなければならないのか。できるか。できる訳がない。だけど、したくないと思ってから、自分が気持ち良くなければミハエルは先に進まないことに気付く。

優しいにも程があるというか、優しくなくてもいいとか思ってしまった。

「……わ、わかった」

「ソフィアちゃんが、ちゃんと気持ち良くなれるように……頑張るね！」

心の中で罵倒している間に、ドレスの紐とかを外されてしまったらしい。両腕を挙げさせられて、すぽんとドレスが脱がされる。

下着も剝がされて、一糸纏わぬ状態にされて、ミハエルと一緒に横向きでベッドに倒れ込んだ。

「……な、なんで、ミハエルは脱がないの？」

「あのね。僕だって男だからね？　ソフィアちゃんが気持ち良くなる前に、理性が持たなくて狼になって襲っちゃうのを止める為だよ」

何を言っているのだろう。このお坊ちゃまは、何を言っているのか。それでいいじゃないか。襲って欲しい。襲ってくれないと、ソフィアは恥ずかしくて憤死してしまう。

「……お、襲っちゃっていいのに……むしろ、襲って……痛い方が我慢できる……」

「駄目。絶対に、駄目。ソフィアちゃんに痛いことはしたくない」

ちゅっと、唇にキスを落とされ、ソフィアは顔を顰めた。

仕方がない。諦めよう。諦めるのは得意じゃないか。諦めるのには慣れている。

そう念じながら、ソフィアはミハエルの手を受け入れる。ゆったりと背を撫で、あやすみたいに宥《なだ》めるみたいに撫でる手に息を吐く。

気持ち良い。ぞくぞくする。とろりと眠気が襲ってくるような、風呂に入って息が出るような、不思議な感覚を覚えた。

「ん……ミハエル……」

昨日も散々この手に翻弄させられたのだと、ぼんやりした頭で思う。勉強熱心なのはいいけど、自分の身体で熱心に勉強されるのは辛いと知った。

大きな手が腰を撫で、ソフィアの舌はミハエルに食べられてしまう。柔らかく噛まれて、ちゅっと吸われて、それをどこでされたのかを思い出してしまった。

昨日、された。性器を舐められて、突起を噛まれて吸われて、初めて快楽を知った。

「……や、やだ、擽ったい、んぅっ」

背を撫で、腰を掴み、尻尾を擽る。ぞわぞわと肌が粟立つのがわかって、ソフィアはミハエルの服に縋り付いた。

尻尾を指の腹で擦るのは止めて欲しい。撫でてみたり、揉んでみたり、凄く優しくだけど遊ばれてしまう。擽ったいというか、もどかしいというか、何かに噛み付きたくなってソフィアは首を振った。

「昨日は、尻尾、凄かったけど……」

「ぞっ、ぞわぞわ、するっ……」

眉間に皺を寄せて、顔を顰めて、擽ったさに耐える。縋るようにミハエルを見たのに、手は止まってくれない。

「……ふふ、可愛い顔になっちゃってるね」

凄い顔をしているような気がするのに、ミハエルは笑ってソフィアの唇に噛み付いた。

何が可愛いだ。可愛くないに決まっている。なのに、首や鎖骨に唇をつけて笑うから、ソフィアはミハエルの胸を引っ掻く。

「ひゃっ⁉　なっ、なにっ⁉」

「えっと、人には尻尾がないから……その、気になっちゃって」

胸を引っ掻いた仕返しかと思ったけど、ミハエルは純粋に尻尾が気になっているらしかった。

そういえば、耳も気にしていた。尻尾に触れられるのは、こういう時だけだから、余計に気になるのかもしれない。

「……あ、こんな風に生えているんだね？」

「だ、駄目っ、駄目っ、そこ、駄目っ！」

尻尾の付け根を指で撫でられて、ソフィアは身を捩ってミハエルの腕から逃げようとした。

ぞわぞわどころの話じゃない。撫でるというか、辿るというか、本当に尻尾がどういう風に繋がっているのか気になるのだろう。

でも、駄目だ。一撫で毎に腰が溶ける。震える手をミハエルの胸に当て、必死で突っ張って逃げようとした。

「あっ、ちょっ、ちょっと、駄目だってっ」

少し開いた隙間にミハエルは動きやすくなったのか、ソフィアの胸に唇を寄せる。大きく口を開けて、ぱくりと胸が食べられてしまう。

今まで誰に触られても気にならなかった胸が、ミハエルに食べられていると思うだけで目眩を感じた。

風呂に入って身体を洗うのと同じ。そう思っていたのに、ミハエルが乳首を嚙むと腰が震える。尻尾の付け根をくるくると撫でられ、乳首を吸われると細い悲鳴が喉から出る。

「きゃうっっ!? あっ、ちがっ、違うっ、最後までするんでしょうっ!?」

このままじゃ駄目になってしまうと、ソフィアはミハエルの頭をぽしぽし叩いた。

そんなに弄らないで欲しい。そういうのは時間がある時にするべきだ。いや、どういう時でも弄るのは程々にして欲しかった。

「しっ、尻尾じゃなくって！ そっちじゃなくって！ ひぁあっっ!?」

尻尾の毛並みに逆らうように撫でられて、とろりと下肢が濡れた気がする。驚いて揺れたせいで乳首はミハエルの歯に当たり、ソフィアは目の前がチカチカしているような気がした。

ぶわりと汗が噴き出す。体温が上がる。身体は震えて、肌は粟立つ。

ミハエルは乳首を強く吸ってから、どんどん頭を下げていった。

「あっ、あ、あっ……み、ミハエルっ……」

「うん……ふふ、ここも、ふわふわなんだね」

「そっ、そんなとこで遊ばないっ」

臍《へそ》を舐めて脇腹を囓《かじ》り、恥毛に頬擦りするミハエルに憤死しそうになる。わなわなと震えていれば笑われて、大きな手が内腿にかかった。

「ああ、良かった……いっぱい濡れてるなら、痛くないかな？」

「ぃあっっ⁉　あ、あっ」

ぬるりと指が入ってくる。昨日散々したからだろうか、それともミハエルだからだろうか、痛みも引き攣りも何もなく指が入る。

昨日も、痛くなかった。今までは不快感と嫌悪感と痛みしかなかったのに、どうしてかミハエルだと簡単に受け入れてしまう。

それでも身体の中に何かが入るというのは慣れなくて、ソフィアは必死に深呼吸して心を落ち着けようとした。

冷静に。落ち着いて。今日こそは、絶対に最後までする。気を失っちゃいけない。気絶したらミハエルは止めてしまう。だからこそ今日は意識を保ち、ミハエルがなんて言おうとも、絶対にするのだと決意を新たにする。

「ソフィアちゃん……大丈夫？」

「んっ、だいじょ、ぶ……痛くない……」

「……でも、やっぱり、狭いと思うんだけど……」

ゆっくりと指を揺らしたり抽挿したりするから、ソフィアは唇を噛んで声を飲み込むしかなかった。

痛くはない。痛くはないけど、何かが入っているというのはわかる。本当にできるのだろうか。ミハエルの性器をしっかりと見て比べたことはないが、指よりも性器の方が大きい気がする。

そんなことを考えていたせいか、こんな時に今までの男の性器を思い出して、ソフィアは慌てて意識を逸らした。

あの醜悪でグロテスクで不気味で異様なモノが、ミハエルにもついている。男ならばついていなければ困る。むしろ、今回はソレがメインだ。

しかし、入るのだろうか。昨日は指が三本入ったらしい。らしいというのは、数を数えられるほど余裕がなかったからだった。

「……ソフィアちゃん？　ソフィアちゃん？」

「んっ、え？　あ、うん？」

余所事《よそごと》を考えていたせいで乾いたのか、少しだけ痛みを感じる。いけない。大丈夫。できる。最後まで、できる。

呪文のように唱えていれば、ミハエルはゆっくりと顔を下肢に近付けた。

「痛いの？　ここも弄ろうか？」

「きゃうあっっ⁉」

突起を下から掬《すく》うみたいに舐められて、変な声が出る。小さくて舐めにくいのか、舌や唇や歯を使って突起を弄るから、びくびくと身体が跳ねる。

「……ん、舐めにくい、から……こう、して」

「そこで喋らなっ、ひぁあっっ⁉　あっ、や、やだっ！」

しかも、もぞもぞと体勢を変えられて、ソフィアは息も絶え絶えだった。

仰向けに寝かされ、腰の下に枕や布団を入れられる。腰を持ち上げられミハエルに突き出す感じで、両足を大きく開かれてしまう。

指で中を弄られ、口で突起を弄ばれ、逆立ちのように腰が持ち上げられるから頭に血が上った。

「だめっ、だめだめっ！」

「……ほら、きゅうって……ぬるぬるなんだけど、凄い狭いよ？」

純粋無垢《じゅんすいむく》な感想を言われて、どうしてくれようと思うけど、どうにもできそうにない。

ゆるりと指を動かして、中の狭さを確かめている。ゆっくり抜いて奥まで入れて、首を傾げるからソフィアは叫びそうになった。

ああ、そうだ。気持ち良いと言わないと駄目なんだ。わかってもらえない。気付いてもらえない。察してくれない。初めてだから仕方がないのだけど、羞恥で死にそうになりながら、ソフィアはミハエルに告げた。

「いっ、いいのっ、きもち、いいからっ、ぁあっっ！」

「気持ちイイと……狭くなるのかな？　じゃぁ、コレは？」

「ひぁああっっ⁉　すっちゃ、やだっだめっだめぇっ」

指が増えて根元まで入れられる。突起は唇で挟まれ強く吸われ、舌で転がすみたいに嬲られる。

駄目だ。それは、駄目だ。馬鹿になる。駄目になる。おかしくなる。

指を奥まで入れて上下左右に揺すられて、ソフィアは頭の中が真っ白になる気がした。

「あっ、い、イっちゃうっ、いくっ、みはえ、るっ」

それでも覚えていた自分は偉いと思う。駆け上る快楽の階段の途中で、ふと達する時にはミハエルに告げるというのを思い出す。

「……うん。見てる、ね」

「あ、あっ、いく、ぃあぁああっ！」

きゅうっと、ミハエルの指を食い締めて、ソフィアは絶頂まで駆け上った。

がくがくと身体が揺れる。痙攣のように揺れているのに、ミハエルは指の動きを止めてくれない。

「ひっ、あっ、あっ、やだっ、も、いった、いったからっ！」

「……でも、きつくて狭くて……中も痙攣してる……」

そういえば昨日も同じぐらい狭くなっていたと、ミハエルは真剣な顔でソフィアの蜜口を見つめていた。

なんだ、ソレは。どんな辱めだ。こんな嬲られ方もあるのかと驚いてしまう。

でも何より、イったばかりなのに中を弄られて、ソフィアは息も絶え絶えにミハエルに訴える。

「やだっ！　も、おしま、いっ、おわりっ、おわってっ」

「……入れたら……入るかな……あ、ご、ごめんね！」

ひぐひぐと、しゃくり上げて泣いたら、ようやくミハエルの指が止まってくれた。

慌てて顔を上げたミハエルは、ソフィアの顔中にキスを落とす。涙を舐め取り、ごめんと謝る。その合間に服を脱いでいるのか、色々な箇所に腕が当たって身体が跳ねた。

もう、どこもかしこも敏感になっている。どこを触られても感じてしまうと、ソフィアは濡れた瞳でミハエルを睨み付けた。

「い、いれて、くれなきゃ、ゆるさないからっ」

「……う、うん。でも」

「いいからっ、いれてっ！」

ほろほろと泣きながら言えば、ミハエルの身体が跳ねる。それでも不安なのか、もぞもぞとズボンをゆっくり脱いでいた。

もどかしい。いっそ、押し倒して自分で入れてしまおうか。優しいにも程がある。そんなことで遠慮しないで欲しい。

しかし、腰の下にある枕と布団のせいで、体勢を変えることすらできなかった。

これは悔しい。どうしてくれようか。こんな恥ずかしい格好にするなんて。何もかも丸見えじゃないか。いや、見えてもいいのだけど、そうじゃなくて。

色々と考えながらもミハエルを睨み続けていると、観念したのか深い溜め息を吐かれた。

「……痛かったら言ってね？　絶対、だよ？」

「はじめては、いたいものなの！　しょじょ、なんだから！」

そんなものは、とっくに覚悟している。身を引き裂かれるような痛みだろうが、ミハエルと契れるのなら耐えられる。

考えていることが口に出ていたのか、ミハエルは困ったような顔をしてソフィアに圧《お》し掛かってきた。

「初めてを、もらうね？」

「うん……んんっ、み、みはえる」

まだ、ひくひく痙攣している蜜口に、ミハエルの性器が当たる。ゆっくりと、本当にゆっくりと、蜜口が広げられる感じがした。

「……あっ、あっ、んんっ」

どうしよう。これはまずいかもしれない。あまりにゆっくりするから、ミハエルの形がわかるような気さえする。

最初は細くて、大きくなって張り出した箇所がぬくりと中に入ってきた。

「んぅっ、あ、あっ……」

「………狭い、ねっ」

はぁっと、ミハエルが溜め息のような息を零す。濃い金茶の瞳が蜂蜜みたいに溶け出して、欲を含んだ色になる。

コレが、嫌いだった。男の欲を含んだ目が、嫌いだった。

でも、ミハエルにそんな目をされると、腰が溶けそうになる。自分に欲を感じているのだと、自分に興奮しているのだとわかるから、肌が粟立った。

「あ、も、もう、はやくっ、おくっ、ちょうだいっ」

「駄目、だよっ……傷付けちゃうっ……」

少し引いて、少し押し込む。性器の張り出した部分に引っかかるのか、ぷちゅぷちゅと淫らな水音が響いてくる。

怖い。痛くないけど、恐ろしい。苦しくて指先が痺れて、張り付けられているような気がする。動けない。動けなかった。逃げられない。逃げないけど、逃げられない。

それは全てを相手に委ねる行為なのだと、ソフィアは教えられた。

「みはえ、る、みはえるっ、みはえるっ！」

「……うん。うん。ぎゅって、してるからっ」

必死に腕を伸ばせばミハエルに摑まれて、ぎゅうっと抱き締められる。背に摑まり胸に額を擦り付けて、膝の上に座らされるような体勢になって入れられた。

ぶつりと、何かが破れた音がする。頭の中だけで響いたのか、それともミハエルも感じたのか。わからないけど、ぎゅうっと強く強く抱き締められる。

「ひゃうっ⁉　あ、あっ」

「……はい、った……入った、よ？」

「んっ、いっぱい、おく、いっぱいっ」

苦しくて怖くて何が何だかわからないけど、ソフィアは幸せだと思った。

思っていたより、痛くない。ただ、異物感と圧迫感が酷くて、苦しくて重たい感じがする。

「だ、だして？　おしまい？」

「……え？　動かないと、出せない、かな？」

「うご、うごくの？　いっぱい、なのに？」

それは無理だ。絶対に無理だ。そんなの無理だ。

この状態で動かれたら、何か壊れる。なんだかわからないけど、壊れてしまう。涙で揺れる瞳でミハエルを見れば、ちょっと苦しそうに笑っていた。

「……動いちゃ、駄目？」

「だ、だめ……だって、だって、いっぱい、だから」

ほろりと、涙が零れる。あやすみたいに背を撫でられて、ひくりと喉が鳴る。それでも、ミハエルが苦しそうだったから、ソフィアは必死に息をした。

少し、落ち着けば大丈夫かもしれない。痛くないから、苦しいけど痛くないから、落ち着けば大丈夫になるかもしれない。

「……んっ、ソフィア、ちゃん。頑張って耐えてるから、動かないでっ」

「え？　うごいて、うごいて、ない」

「動いてるよ……尻尾ゆらゆらしてて、ああ、耳も、可愛い」

ぱくりと、薄い耳が、ミハエルに食べられた。

頭の中が真っ白になって、ピンっと背筋が伸びる。尻尾も膨らんでいるだろう。凄い衝撃だった気がする。

「っく……ごめんっ……ソフィアちゃんっ」

「ひっ⁉　あっ！　あっ、あぁあっっ⁉」

尻尾の付け根を叩きながら、ミハエルは腰を動かした。

押し上げるみたいに腰を突き出すから、ソフィアは奥を突かれて仰け反る。喉を囓られ舐められ、とろとろと溶けてしまう気がする。

どうしよう。駄目だ。そんなの駄目だ。

ソフィアは逃げるみたいにミハエルの肩に手を置き、自分で抜こうと腰を上げた。

「いやぁあっっ！」

ぞりぞりっと、中を擦られる。ミハエルはできるだけ動かないようにしてくれていたのか、自分で動きを大きくしてしまった。

気持ち良い。頭の中で火花が散って、泣きながらソフィアは腰を動かしてしまう。

「あっ、いいっ、きもちっ、いっ！」

「……い、いいの？　動いて、いい？」

「んっ、ん、んっ、うごいてぇっ」

腰を両手で摑まれて、抜けるギリギリまで持ち上げられた。

ぶわりと、尻尾が膨らむ。抜けてしまいそうで食い締めたところで、ミハエルは容赦なく引き落とす。自分の体重も使って奥の奥までミハエルを受け入れ、結合部からぷしゃりと蜜液が噴き出した。

「ひっっ！　あぁっ、いっ、いった！　いったのっ、も、だめっ」

「……ん、うん、気持ち、いいねっ」

腰を摑まれ引き抜かれ引き落とされる。自分が小さく軽いというのはわかっていても、簡単に動かされて全身が痙攣する。

いい。駄目。もっと。止めて。意味のない言葉を言って、ミハエルに謝られて、それでも快楽は容赦なかった。

「あっ、あっ、みはえ、るっ、みはえるっ」

「うん、うん……可愛い、ソフィアちゃん、可愛いっ……」

頭の中がぐちゃぐちゃになるぐらい揺すられる。何も考えられない。気持ち良くて怖くて、でもミハエルが応えてくれるから快楽に浸れる。

こんなのは、知らない。ミハエルだから、大丈夫。

腰を摑んでいたミハエルの手が離れて、強く抱き締められて最奥を突かれた。

「ひぁっっ⁉」

「っく……」

腹の中で何かが痙攣している。強く強く抱き締めてくれるから、簡単に絶頂に駆け上り、ソフィアはミハエルの背に爪を立てる。

硬直したみたいに動きを止めたミハエルに、ソフィアはくたりと身体の力を抜いた。

「……だ、大丈夫？　ソフィアちゃん？」

「……んぅっ、だ、いじょぶ、きもち、い」

「ごめんね……我慢できなかった……」

涙を舐め取ってくれているのか、眦《まなじり》を舐められると肌が粟立つ。背を撫でられて頬擦りされると、震えるぐらいに気持ちが良い。

終わったのだろうか。これで、終わりなのだろうか。契るというのは大変なことなんだと、ソフィアは教えられた。

「お、わり？」

「うん……終わりなんだけどっ……ソフィアちゃん、締めちゃ、駄目だよっ」

中が痙攣して食べられてるみたい、とミハエルは熱い息を吐きながらソフィアを抱き締める。背を撫でるというより、形を確かめるみたいに擦られて、余計にソフィアは震えてしまう。

「ちがっ、してなっ、してないっ」

「あっ、待って、動いちゃ駄目だっ……」

ひくひくと、腹の中でミハエルが大きくなるのがわかって、ソフィアは目を見開いた。零れていくのは、蜜液だろうか。それとも、ミハエルの精液だろうか。艶《なま》めかしいミハエルの声で、ソフィアの身体は簡単に火が点く。

今日こそは気絶しないと誓ったけど、そんなことすら頭に浮かんでこなかった。

ぽかりと、目が覚める。

静かな空気と暗い闇に、ソフィアは首を傾げた。

「……………ん」

まだ、夜なのだろう。まだ、朝は来ていない。

厚いカーテンにベッドの天幕が外を隠しているけど、夜の空気にソフィアは辺りを見渡した。

自分を守るように抱き締めているミハエルが、静かに眠っている。ソフィアが少しだけ身を起こしたせいで、腕が腰の辺りに置かれていた。

ミハエルの寝顔なんて初めてかもしれない。いや、最初の時に見たような気がする。あの時に見たけど、気持ちが違う。

消えかけているランプの明かりで見るミハエルの寝顔に、ソフィアは顔を綻ばせた。

目を閉じているから、睫毛が長いのがわかる。目を閉じていても、精悍な男の顔だ。優しげで誠実そうな顔をしていると思った。

こういう男は面倒臭い。優しいから、裏があるなんて思われない。誠実だから、ソフィアが誘ったと悪く言われる。

だけど、裏も表もなくて全部が全部綺麗な男がいるんだと、ミハエルが教えてくれた。

なんだろう。胸が温かいのに締め付けられる。嬉しいのに泣きたい気がして、笑いたいのに涙が出そうな気がする。

これが、愛おしいという気持ちだろうか。可愛いと思うのは恥ずかしくないのに、愛おしいと思うのはなんだか恥ずかしい。熱くなる頬を誤魔化すように、ソフィアは身を起こした。

「……のど、かわいた」

小さく小さく、吐息のような声を出して驚く。掠《かす》れているのは、昨日散々叫んだからだろう。それすら恥ずかしくて嬉しい。

誰が見ている訳でもないのに、ソフィアは照れ隠しに顔を顰めてベッドを下りようとした。

「……きゃっ⁉」

「んん？　ソフィア、ちゃん？」

床に足をつけて立ち上がろうとして失敗する。意味がわからない。なんだろう。腰が抜けているみたいだと、声がする方に顔を向ける。

「……ソフィアちゃん？」

ミハエルの完全に寝惚《ねぼ》けた声が聞こえてくるが姿は見えなくて、ベッドの上を探しているのだとわかった。

どうしたんだろう。なんで腰が抜けているんだろう。それとも、何か変な病気だったりするのか。もしかしたら、お互い初めて契ったから、何か間違えたのだろうか。

だんだん、思考が怖い方向に向かっていく。思考が後ろ向きになったせいか、ソフィアは俯き床を睨んだ。

「……何を、しているの？」

頭の上の方から声が聞こえて、もう一度顔を上げたらミハエルが見える。完全に寝惚けていたから、そのままソフィアの姿が見えなくて眠ってしまうのかと思ったけど、探してくれたのかと安心する。

それにしても、寝惚けたミハエルは初めて見るが、大丈夫なのだろうか。なんだか凄く危なっかしい。もしかして、この寝惚けた状態を見せたくなくて、ソフィアよりも早起きしているのだろうか。

そう思うぐらいに、ミハエルはぼんやりしていた。

「……こ、腰が……その、喉が渇いて……」

「ああ。僕のせい、だね……大丈夫？」

「……ミハエルのせい？　なの？」

何か病気だったり、契り方を間違えたり、そういうのではないのかと、ソフィアは首を傾げる。床に座ったまま、ベッドにいるミハエルを見上げて、理由を教えて欲しいと目で訴えてみる。

「えっと、ああ、そうだね。うん。いっぱいイくと腰が抜けちゃうらしいよ？」

「……そんなことは知りたくなかった」

ぽやぽやと、ミハエルは寝惚けたまま爆弾発言をかましてくれた。

そうか。そういうことか。腰が抜けたのは、腰を酷使《こくし》したからか。しかもミハエルを受け入れるのに、足を拡げた気がするから、股関節だっておかしくもなる。

なんだ。本当にミハエルのせいだったと、ソフィアは恨みがましい視線を向けた。

「……寂しいから、僕の腕の中から消えちゃ駄目だよ」

でも、ミハエルはソフィアの視線などモノともせずに、少し唇を尖らせて言う。

にゅっと、ベッドの上から腕が伸びてきて、ひょいと持ち上げられる。せっかくベッドを出たのに、ミハエルの腕にベッドに戻されてしまう。

膝の上に座らされて、ぎゅうっと強く抱き締められた。

「ひゃっっ⁉ あ、あっ、駄目っ」

とろりと、蜜口から何かが零れる。とろとろ零れて、内腿を伝っていく。

ぞわぞわと悪寒を感じ、ミハエルの精液が腹から零れてしまったと、ソフィアは顔を顰めた。

「……え？」

「ぎゅって、しちゃ、駄目っ……」

腹を圧迫されると、中から出てしまう。まるで粗相《そそう》をしているような感覚に、羞恥と嫌悪感が襲ってくる。

駄目だろう。コレは、駄目だ。一回寝て冷静になった頭と身体で、コレはまずい。

「え？　あれ？　駄目？」

「出ちゃうっ……出ちゃっ……」

こぷりと、蜜口から出て行く体液は生温く、内腿を舐めるように流れていくから、ソフィアは肌を粟立たせた。

恥ずかしい。兎に角、恥ずかしい。恥ずかしいにも程がある。

実際には違うけど、粗相する感覚というのは、恥ずかしいを通り越して恐ろしい。止めようと思って下肢に力を入れても、止められないのが恐ろしい。

「えっ？　出ちゃうの？　ここ？」

「ひっっ⁉」

まだ、じんじんして柔らかくて熱の去らない蜜口に、ミハエルの指が遠慮なく突っ込まれた。

膝に濡れた感触がしたから、気付いたのだろう。さらに完璧に寝惚けているから、あまり意味はわかっていないのかもしれない。

「……あ？　あれ、ぼ、僕の？」

しかし、ミハエルは気付いたようだった。

何が、どこから、零れているのか気付いたらしい。しかも、自分が何をしたのかも、気付いちゃったらしい。

ごごごごっと、音がしそうなぐらい、ミハエルは全身真っ赤に染まった。

「あぁあっっ、ゆびっ、動かしちゃっ、だめっ」

「ご、ごめんね！　もう、動かさないから！」

そう言って動きを止めたミハエルに、ソフィアは必死で深呼吸する。腹の奥がじりじりと疼いたけど、粗相の恐怖が上回った気がする。

でも、どうだろうか。この状況は、どうだろうか。

息すら止めてしまったかのように動かないミハエルに抱き付いて、ソフィアは小さな声で言った。

「……ミハエル」

「う、うん？　何かな？」

「……ぬ、抜いて……ゆっくり、抜いて……」

「あ、ごめんね！」

ぬるりと指を引き抜いたミハエルは、震えるソフィアの背を撫でる。ぎゅうっと抱き締めてから、慌てて抱き締める力を抜いている。

ようやく起きたのだろうか。寝惚けた状態から、覚醒できたのだろうか。ミハエルは小さな声で、何度もごめんと謝ってきた。

「……のっ、喉？　腰？」

「……え？　あ、そう。喉、腰」

あやすみたいに背を撫でてくれるのに、ミハエルは単語しか言えない感じになっている。ソフィアもうっかり引き摺られて、同じように単語を繰り返す。

駄目だ。何が駄目だって、この雰囲気だろう。

初めてした日の朝は、ミハエルだけが甘い恋の雰囲気を持っていた。でも、初めて契ったせいか、なんていうかピンク色のもだもだした雰囲気を感じる。

「……の、喉、渇いたんだっけ？　部屋にはお酒しかないから、何か作ってこようか」

「そ、その前に、お酒でいいから飲みたい……」

お互い顔を見合わせて、同時に小さく噴き出した。

ミハエルも真っ赤だけど、ソフィアも真っ赤だろう。

なんだか嬉しい。恥ずかしいけど嬉しい。面白くもないのに笑いが込み上げて、顔が緩んでしまうのがわかる。

「ふふ……じゃぁ、まずはお酒を用意するね。それから何が欲しい？」

「そうね……お風呂に入って、少し何か食べたいかな？」

「わかった。ちょっと待っててね」

ソフィアを膝から下ろして、そっとベッドに寝かせてから、ミハエルはガウンを羽織ってベッドを下りていった。

ミハエルの後ろ姿を見送って、ソフィアは首を傾げる。

すぅすぅ、する。何か、寒い気がする。ミハエルが布団までかけてくれたけど、ソフィアは起き上がってベッドに座った。

「はい。シトロンの果実酒だよ。二年前に僕が漬けたんだ」

「……なんでもできるのねぇ」

「そんなことないよ。じゃあ、ソフィアちゃんがお酒を飲んでる間に、ちょっとお風呂の用意をしちゃうね」

グラスを渡されて口をつけている間に、ミハエルはソフィアから離れていく。ご機嫌だとわかる足取りで風呂場に向かっていくけど、ソフィアは少し顔を顰めた。

なんだろうか。なんか、嫌だ。ミハエルが傍にいないのが嫌で、ミハエルが近くにいないのが気に入らない。

自分のことなのにわからなくて、ソフィアはミハエルを呼んでみた。

最初は小さな声で、だんだんと声を大きくして、ベッドの上で果実酒の入ったグラスを持ちながらミハエルを呼ぶ。

「……ミーハエル？　ミーハーエールー？」

「ど、どうしたの？」

何度目かの呼びかけで、ミハエルが風呂場から出て来た。

慌てて出て来てくれたのか、まだミハエルの手が濡れている。びっくりというか、何があったのかという顔をして来てくれたので、ソフィアは思わず口籠もってしまう。

だって、なんとなくとか言えないからだ。

ソフィアの為に風呂の用意をしてくれているのに、なんとなくで呼び出してしまったから、口をもごもごさせた。

「ソフィアちゃん？」

「……な、なんか、その、離れてるの、嫌だったの」

なんとなくで呼び出したと言うよりは本音を言った方がいいだろうと、ソフィアが恥ずかしさを耐えて言えば、ミハエルは溶けて流れ出してしまうのではないかという笑顔を見せてくれた。

でも、コレはないだろう。子供じゃないんだから、離れているのが嫌だとかない。しかし、ミハエルは物凄く良い笑顔でソフィアを抱き締めに来た。

「うん。寂しかったの？」

「……寂しかった？　寂しかったのかな？」

ミハエルの言葉にソフィアは首を傾げる。

寂しい。寂しい。寂しかったのだろうか。すぅすぅしたのは寒さではなかったのか。傍にいないのが嫌で、近くにいないのが気に入らなかった。

ああ、そうか。寂しかった。悲しかった。そういう感情だとソフィアはミハエルを見つめる。

「……そうね。寂しかったみたい」

「もしかして、寂しいのも初めて？」

「初めて、かな。誰かがいなきゃ嫌だって思ったことないから」

うふふと笑うミハエルに、ソフィアは少しだけ唇を尖らせた。

そんな、嬉しそうな顔で笑わないで欲しい。てろりと、溶けて流れそうな笑顔では、怒ることもできない。

「あ、お風呂の用意できたよ？」

「……お風呂、一緒に入って」

「え？」

溶けるような笑顔のまま固まったミハエルに、ソフィアは少しだけ溜飲《りゅういん》が下がった気がした。

だけど、本当の夫となったミハエルは一味違ったらしい。笑顔のまま固まって、じわじわと赤くなったけど、小さく首を縦に振る。

「……言った私が言うのもなんだけど、いいの？」

「う、うん。ソフィアちゃんが寂しいなら、その、だって僕のお嫁さんだからね」

ギシギシと、壊れた玩具のように、ミハエルはソフィアを抱き上げた。

きっとアレだ。ソフィアを抱えていなかったら、手と足が一緒に出ているアレだ。緊張というより恥ずかしいのだろう。真っ赤な顔のまま、ミハエルは風呂場に向かう。

風呂場の扉を開けば、むわりと湯気が押し寄せてきて、ソフィアはなんだかおかしくなってしまった。

「……どうして、笑うの？」

「幸せだな、って……」

「……う～ん、幸せなんだけど、ソフィアちゃんの笑顔も可愛いんだけど、う～ん」

湯船にはソフィアの好きな香りの石鹸が溶かしてあって、ふわふわと白い泡が覆っている。これならば一緒に入っても、身体は見えないだろう。ちょっと残念な気持ちと、残念に思う自分もおかしいと、ソフィアは小さく笑う。

「はい。ちょっと待っててね」

「え？　一緒に入るんでしょう？」

「ガウン脱ぐ前に軽い食事だけでも作ってこようかと思ってたんだよね。ソフィアちゃんは長風呂でしょう？」

そっと湯船に座らされて、ソフィアは眉間に皺を寄せた。

そうじゃない。一緒に風呂に入りたかったというよりは、寂しくて離れたくなかっただけだ。

なのに、ソフィアの為だと言って離れるのは、どうだろうか。自分で食事がしたいと言ったのに、ぷくりとソフィアはむくれる。恥ずかしいから一緒に風呂に入らないというのならわかるが、一緒に入ってくれるのなら離れないで欲しい。

「ご飯いらないから、行っちゃ駄目」

「……もう、ソフィアちゃんは可愛いなぁ！」

いそいそとガウンを脱いで湯船に入って来てくれるから、ソフィアはミハエルに手を伸ばした。

今度は意図を汲んでくれたのか、ソフィアを持ち上げ膝の上に乗せてくれる。ミハエルが二人ぐらい入れる湯船だから、ゆったりと浸かれて嬉しい。

ほぉっと、安心するように溜め息を吐いたら、ミハエルがソフィアに頬擦りしてきた。

「本当に、ご飯はいいの？　ソフィアちゃん夕飯食べてないよ？」

「……ミハエルだって食べてないでしょう？」

「僕は大丈夫だけど……」

なんか、幸せで怖い。幸せで怖いなんてことがあるんだと、絵巻物に出てくるような状況に驚いてしまう。

でも、これで第一関門突破だと、ソフィアはぼんやりと思った。

ちゃんと契ったのだから、これで人の世界の宗教では離婚できない。後は気合いで孕む

だけだとソフィアは泡を掬い上げる。

「ソフィアちゃん？　疲れちゃった？」

「え？　疲れてはいないと思うのだけど……疲れたのかな？」

「ソフィアちゃんは表情よりも耳に出るから」

ちょいっと、ソフィアの耳を突くミハエルに、なんだかモヤっとした。

孕む孕まないは、今後も継続しなければならないだろう。一回でできるなんて、そんな簡単な話ではないと思う。

その前にと、ソフィアはミハエルの瞳を見つめた。

「……ねぇ、そろそろ、ちゃん付けしなくてもいいんじゃないかしら？」

「え？」

引っかかってはいたが、言う程のことではない。最初から、ちゃん付けで呼ばれていたから、今更かもしれない。

だけど、なんとなく他人行儀な気がするのは気のせいだろうか。自分もミハエルのことを、「さん」とか「くん」とか付けて呼んでいるのならいいが、ソフィアだけちゃん付けで呼ばれるのが気になった。

「夫婦になったんだし……なんか他人行儀な気がする……」

「え？　可愛いから、ちゃんって付けてたんだけど……」

聞かなければわからない。頭の中だけで考えていても、想像もつかないことは沢山ある。

ソフィアは目を丸くしてミハエルを見た。

「か、可愛い、から？」

「うん。ソフィアちゃんって、響きも可愛いよね」

どうしよう。ソレは考えてなかった。そんなの想像してなかった。

でも、どうだろう。自分だけ、ちゃん付けで呼ばれるのなら、ミハエルにも何か付けた方がいいのだろうか。

ぐるぐるとソフィアが悩んでいたら、ミハエルがポツリと言った。

「……でも、そうだね。夫婦、だもんね」

不思議な声色で言うから、ソフィアはミハエルを見つめた。

寂しいとも違う。嬉しいとも違う。悲しいとも違う。懐かしいのか。遠くを思っているようなミハエルに、ソフィアは首を傾げた。

亡くなってしまった母親を思っているのかと、ソフィアには聞くことができない。夫婦に思い入れがあるのは羨ましかったのかと、ソフィアは聞いても意味がないとわかっている。

「そう。夫婦、なの……私は、ミハエルの妻で、ミハエルの子を産むの」

「……うん。僕の妻で、僕の子を産んでくれるんだね。ソフィア」

大事な宝物を愛でるみたいに、ミハエルは幸せそうに笑いながら、ソフィアの名を甘い響きで呼んだ。

第九章　ただいま蜜月・えっち中♥

爛《ただ》れた生活というのは、体力を削られる。

それは、もう。本当に、もう。もうもう言いたくなるぐらいに、ソフィアの体力は底をついていた。

男に攫われ続け、悪戯されて弄ばれ、それなりに慣れていると思っていたが認識を改めないといけないだろう。

なんだろう。この全身の怠さ。腰の痛みに関節の痛み。喉がイガイガして口の中が渇いている気がする。

「おはよう。ソフィア」

「……お、はよ……みはえ、る……」

「ああ。無理に声を出さなくてもいいよ？　ソフィアの好きな苺《いちご》ソーダあるからね」

ピカピカでツヤツヤのミハエルに、ちょっとだけ殺意が湧いた。

なんで、ミハエルだけこんなに元気なんだろうか。一週間だ。一週間。ミハエルが頑なに夜しか駄目だと言うから夜しかしていないのに、毎晩しているだけでソフィアは起き上がれないぐらいに消耗《しょうもう》している。

おかしい。絶対に、おかしい。

おかしいと言えば、この一週間全てがおかしいと、ソフィアは苺ソーダを飲ませてもらいながら思った。

まず、おかしいのは、起きると昼になっていることだろう。

朝と昼を合わせて食べるのだからと、ミハエルは美味しそうな食事を作ってくれる。手の込んだ料理が作れるぐらいに、ミハエルは早く起きているということだった。

どうやらソフィアが寝ている間に、城主としての仕事を使用人達にお願いしているらしい。むしろ、部屋から出てくるなと言われていると、ミハエルが言っていた。

ようやく、真の蜜月なんだからと、仕事を取り上げられている。一刻も早く子供ができるといいとか、物凄い笑顔で言われるらしい。

だから、素直に部屋に戻って来て、ソフィアと一緒に食事ができると、花が咲くような笑顔で言うミハエルは可愛かった。

それから一緒に風呂に入って、お喋りをして一緒に昼寝をする。昼寝もミハエルの方が早く起きていて、食事を作っていたり編み物をしていたり本を読んでいたりする。何度も寝顔を見て安心しているんだとか言われたら、ぎゅうっと抱き締めたくなるだろう。

夕飯も終えて、月の出る時間になると、そわそわするのはソフィアの方だった。

正真正銘の処女だったので、ソフィアはミハエルしか知らない。だから、この一連の行為が長いのか短いのかわからないけど、たぶんきっと絶対に長いんだと思う。

痛くないように。気持ち良くなれるように。性行為は苦しいものではないのだと教えるように、ミハエルの手は優しかった。

しかし、物事には限度というものがあるだろう。

慣れたら楽になるのかと思っていたし、慣れたら飽きて惰性《だせい》になり時間も短くなるのだと思っていたのに、すればする程ミハエルは嬉しそうにソフィアを撫でる。

快楽というのは実は疲れるのだと、ソフィアは身をもって知った。

「……ふはぁ……美味しい……」

「今日はパンプディングだよ」

優しく起こしてくれるミハエルがガウンを肩にかけてくれる。ゆっくりベッドに座って、ワゴンに載った食事を見てソフィアは頬を緩ませた。

甘いパンプディングに、魚と野菜のスープ。ジャガイモとトマトのオムレツに、鶏のソテー。飲み物は苺のソーダに、香りのいいハーブティーが用意されている。

軽い木でできたトレーに載せて、ベッドの上で食べる食事は贅沢《ぜいたく》だと思った。

「はい。あーん」

「あーん」

もう食べさせてもらうのにも慣れて、ソフィアは素直に口を開ける。甘いパンプディングが口の中に広がって、幸せでほにゃりと顔が緩む。

なのに、バタバタと煩い音が聞こえてきて、扉がノックされた。

「起きてる⁉　ソフィア⁉」

「ん～、起きてる。ミハエル、次はオムレツが食べたい」

「うん。あーん」

これがバルテニオスならば、少しは遠慮しただろう。しかし、アエロアが相手ならば、勝敗は食事が勝つ。温かいうちにパンプディングとオムレツは食べてしまいたい。スープは熱々だから、少しぐらいなら冷めても良かった。

「……あ、そのオムレツ美味しかったわ。ミハエルの作る食事は美味しいねぇ」

「ありがとう。アエロア。ソフィアに栄養のある物を食べさせたいからね！」

晴れやかに言い切るミハエルに、ソフィアは口の中の物を呑み込む。

本当に美味しい。最初からミハエルの作る物は美味しかったけど、ソフィア好みに作ってくれるからどんどん美味しくなる。

「ミハエルの食事は悔しいぐらいに美味しいのよねぇ……聞いてよ。アエロア。今、ミハエルったら私のセーターを編んでるんだけど、それも凄い可愛いの」

「ソフィアの編む物は何でも鳥の巣になるからねぇ」

「アエロアの分も、色違いで編んであげるからね！」

事実を言うアエロアに文句を言おうとしたら、口の中に鶏のソテーが放り込まれた。

一瞬で、アエロアに文句を言う気が削がれる。狡いだろう。コレは、狡い。ちらっとミハエルを見れば苦笑しているから、ソフィアも黙って口を動かした。

でも、まぁ、いい。オムレツはふわふわで、鶏のソテーは皮がパリパリで美味しい。本当に料理は上手いし、編み物はできるし、洗濯もできるし、凄いスーパー旦那さんだと思う。

しかも、可愛い。アエロアに同意を求めても、しょっぱい顔をされるとわかっているので言わないが、立派な体軀で格好良い部類に入るミハエルは可愛かった。

「それで？　どうしたの？　アエロア」

こくりと口の中の物を呑み込んで、ソフィアはアエロアに聞く。真の蜜月とやらに入っているせいで、滅多なことがなければアエロアもバルテニオスも夫婦の部屋に近寄って来ない。

なのに、飛び込んで来たということは何かあったのだろう。何があったのかと首を傾げれば、アエロアも気付いたという風に声を出した。

「え？　ああ、そうそう」

扉の所に立っていたアエロアが、そっと動いて道を空ける。ゆっくりと入ってくるのは、久々に見る顔だった。

白い髪。ソフィアよりも小さな身長。可愛いというより美人の部類だろう。普段から動きやすいドレスを着ていたけど、今日は乗馬用のドレスを着ている。

「……お、お母様？」

どうしてここにいるのかと、ソフィアは叫ぶこともできなかった。

驚いた。驚いたなんてもんじゃない。乗馬用のドレスを着ているということは、もしかして馬車ではなく馬でここまで来たのか。父は、どうしたのか。兄弟姉妹は、どうしたのか。そういえば、ソフィアは母似ではなく父似だったと思い出す。攫われ続けていた頃は、可愛い系ではなく美人系に生まれたかったと思ったが、ミハエルが可愛いからこれで良かったのかもしれない。

なんて、ソフィアは絶好調で混乱していた。

「え？　ソフィアのお母様？　えっ⁉」

ぷるぷると、母は震えて口元を押さえている。母の顔は赤いし涙目だし、ミハエルは慌てているし、ソフィアは目を丸くして驚くしかできない。

しかし、何か、まずいような気がした。

さっきまで、自分は何をしていたのか。ミハエルに、あ〜んとか言って食べさせてもらっていたような気がする。

まずい。まずいだろう。いつから、そこにいたのか。アエロアと一緒に来たのか。そうか。そうだろう。それでアエロアが慌てていたのか。

どうしていいかわからなくなっていると、ミハエルが立ち上がって母の元に走った。

「初めまして！　ソフィアの夫のミハエルです！　お嬢さんを僕にください！」

「……ミハエル、ミハエル。アンタまでソフィアの真顔で混乱が移っちゃったの？　落ち着いて、もう、ソフィアはミハエルに嫁いでるから」

混乱するミハエルをアエロアが宥めているが、そんなことで混乱から立ち上がって普通に戻れる筈もない。

実際に、ミハエルは母に向けていた身体をグリンと回転させ、アエロアに向かって大きな声を出した。

「そっ、そうか！　そうだよね！　でも大事なお嬢さんをもらい受けたんだから挨拶はしないといけないよね！」

「……落ち着いてミハエル。スプーン持ったままだし。そういえばソフィアはペン持ったまま混乱してたねぇ。夫婦って似るの？」

ミハエルが扉の所にいる母の前に立ってしまったから、ソフィアの位置から母の姿が見えない。ミハエルとアエロアの漫才のような会話しか聞こえなくて、だんだんと不安になってくる。

だって、アレだろう。手紙の返事の返事だろう。帰って来いという手紙の返事に納得がいかなくて母は来たのだろうと、ソフィアは青くなった。

どうしよう。帰って来いと言われるのか。でも、辛くない。幸せだ。帰る方が辛くて不幸だと、ソフィアも母を説得しようと思って、ベッドから立ち上がろうとしたら失敗した。

「あっ、ソフィア！　君は寝てなきゃ！　どこか行きたい場所があるなら僕が抱っこするから！」

「こ、腰が……腰が痛い……」

自分の体力のなさを嘆く。情けない。夫婦の性生活で腰が痛くて動けなくなるなんて、どうにも情けなくて情けない。

でも、痛いせいか、ソフィアは少し冷静だった。

少なくとも、ミハエルよりは冷静だろう。ミハエルよりは、マシだ。母の元からソフィアの寝ているベッドまですっ飛んで来たミハエルは、母とアエロアがいるのに爆弾発言を落とした。

「あああ、ごめんね！　ソフィアが可愛くて我慢できなくてごめんね！」

「……うんうん。ソフィアの性生活を聞いて、ほっこりする日が来るとは思わなかったよねぇ」

アエロアの的確な突っ込みが、耳に痛い。地味に、痛い。恥ずかしくて耐えられないと、ぺしゃりとベッドの上で潰れていれば、慌てたミハエルが腰を撫でてくれる。

優しいと思うのだが、そうじゃないとソフィアは叫びたかった。

腰を気遣ってくれるのなら、爆弾発言をしないで欲しかった。夫婦なんだから当たり前のことだけど、母に知られるのは恥ずかしい。

心の中だけで、あわあわと混乱していると、隠し切れない笑い声が聞こえてきた。

「あははは！　良かったわぁ。あの手紙は嘘じゃなかったのねぇ」

「お母様……」

「心配で私だけ見に来ちゃった」

気付いたらベッドの近くまで来ていた母に、ソフィアは頭が痛くなる。来ちゃったとか言っている場合じゃないだろう。そうじゃないと、切に言いたい。

「お父様は？」

「お父さんは根回しに忙しいからねぇ。あの国王に文句言わせないように、頑張ってるわよぉ」

得意げに言う母に、ソフィアは目を丸くした。

根回しに、忙しくて、国王に、文句を言わせない。ちゃんと説明されているのに、混乱したソフィアの頭ではわからない。

「……え？　ど、どういうことでしょうか？　その、ソフィアのお母様？」

意味がわからないと思っていたら、ミハエルがソフィアの気持ちを代弁してくれた。

そうそう。どういうことなのか。それを教えて欲しい。国王のことも気になるが、どうして母がここまで来たのかも、できれば教えて欲しい。

だって、『来ちゃった』の一言で済ませていい話じゃないだろう。

「ソフィアが幸せなら、離婚なんてさせる訳ないでしょう？　ソフィアが、あのソフィアが！　特定の男と一緒にいたいなんて……お父さん倒れちゃったわよ」

「……うんうん。わかるなぁ！　傍で見てた私も倒れそうだったからねぇ」

母の言葉にアエロアが賛同して、ソフィアはなんて言っていいのかわからなくなった。

母に、父は大丈夫なのかと聞けばいいのか。それともアエロアに、突っ込みを入れればいいのか。

ちなみにミハエルは頬を染めて、嬉しそうに笑っている。

「それで、まぁ、人の世界の顧客も摑んだことだし、お父さんも頑張って国王の弱みも握ったことだし、ソッチ方面から手を回してねぇ……」

「……うんうん。ソフィアの両親は、そういうの上手いよねぇ」

どんどん凄いことを言う母に、ソフィアは口をぱくぱくさせるしかできなかった。

人の世界の顧客を摑んだのは手紙で知っていたが、父はどうやって国王の弱みを握ったというのか。頑張れば、どうにかなるものなのか。ソッチ方面とやらは、ドッチなのだろうか。

ちなみにミハエルはソフィアと同じで、何か聞こうとして聞けないでいる。

「国王は、ココから手を引くそうよ。もう、ミハエルに関わらないと約束させたわ」

「……うんうん。ソフィアの両親は、えげつな……やり手だからねぇ」

まだ何か言ってくるようなら言いなさいと、母は晴れやかな顔で笑っていた。

嵐のような一日の終わりは、疲れたとかいう問題を超えていた。

母の強襲。説明に食事。暗くなる前にと母は帰ってしまった。なんだったんだろう。嵐というのは天災で仕方がないことだが、母も天災のように突然来て唐突に帰ってしまった。

なので、夕飯も終え食堂に四つの影が丸まっている。

椅子に座りテーブルに突っ伏し、まん丸になっている。それでも、丸まっていたミハエルは頑張って皆に茶を注いでいるが、ソフィアはテーブルに頬をぺたりとつけて、ぼんやりしていた。ちなみに、バルテニオスとアエロアも仲良くテーブルに顔を伏せている。

さっきから、ふはぁふぅううと溜め息しか零れていなかった。

「……みんな、ハーブティーだよ。リラックスできるようにカモミールだよ」

「ありがとうミハエル。君は本当に良い子だ！」

一番最初に復活したのはバルテニオスで、きっとミハエルがお茶を淹れてくれたから復活できたのだろう。渡されたカップを持ち上げ香りを楽しんでいる。

のろのろとアエロアも手を伸ばし、カップを摑んで深呼吸していた。

「ああ、いい香りねぇ……つか、本当に疲れた……」

城の外が騒がしい。騒がしいどころの騒ぎじゃない。太鼓《たいこ》や笛《ふえ》の音まで聞こえてくるし、歌の合間に歓声まで聞こえてきた。

ギャーとかウオーッとか笑い声とか。お祭り騒ぎというか、実際にお祭りになっている。

酒も食事も振る舞われ、結婚式よりも盛り上がっているかもしれない。

全て、ソフィアの母のせいだ。ソフィアの母の言葉のせいで、今、城の中は非常に静かだった。

「結局……どういうことになったのか、説明してもらってもいいだろうか？」

ようやく、全てが終わったらしい。終わったらしいが、母の強襲に立ち会わなかったバルテニオスには意味がわからないらしい。

眉尻を下げて情けない顔でアエロアを見るバルテニオスに、まだカップも摑めずにぼんやりしているソフィアは声に出さずに脳内で返事をした。

大丈夫。その場にいた自分にもよくわからない。たぶん、聞いても詳しいことはわからない。

「あ～、バルテニオスは一番お疲れ様だったもんねぇ……」

「アエロアも大変だったじゃないか……俺だけじゃないさ……」

使用人には使用人なりの苦労があるのだと、アエロアとバルテニオスはお互いを労《いたわ》り健闘を褒め称えていた。

そうか。使用人は大変なんだなと、ぼんやりとソフィアは思う。だけど、アエロアとバルテニオスの苦労話が凄い方向に向かっていくから、ちょっと気になってしまう。

「バルテニオスは、ソフィアのお母さんが来た時にいなかったもんねぇ」

「俺は……血気盛んな傭兵組に二十八回目の説得をしていた時だったんだ……」

「数えてたの⁉」

アエロアの的確な突っ込みに、聞いているだけのソフィアも頷くぐらいに同意だった。

そうか。数えていたのか。むしろ、二十八回も説得していたのか。アエロアなら拳で制裁か蹴りの一発が出る回数だと思う。

しかし、血気盛んな傭兵組というのは、もしかしてアレだろうか。戦いを思い出すとか、鈍ってないとか、武器の手入れだとか、物騒なことを言っていたアレだろうか。そうならば、本当にお疲れ様だとバルテニオスに言いたかった。

「正直に言うと……もう、俺も一緒に爆発して、暴動に参加した方が楽になれると思っていたから……」

「あ〜、わかる〜、私も『国王に禁断の呪いを！』とかいう女組と一緒に、国王呪おうかと思ってたし……」

ミハエルとソフィアの爛れた生活の裏では、バルテニオスとアエロアの並々ならぬ苦労があったらしい。思わずソフィアの目が熱くなる。

だけど、体力気力と何かが奪われたみたいなので、ソフィアはテーブルに突っ伏したままカモミールの香りを堪能していた。

「アエロア……一体、何があったんだ？」

「うんうん。そうだねぇ……どこから話せばいいのか……ああ、ソフィアの両親は、えげつないぐらいやり手だってことは覚えておいて欲しいかなぁ」

アエロアに言わせると、何度も何度も何度も何度も繰り返し誘拐される我が子のせいで、ソフィアの両親は逞《たくま》しくなったらしい。可愛い我が子に何してくれてんじゃワレェということだが、親の愛情云々はココでは禁句だろう。

だから、アエロアは上手く誤魔化した。さすがはアエロア。口先だけで世の中を渡っていけるだろう。

でも、どうしてアエロアがソフィアの両親のことを詳しく知っているのか。アエロアとソフィアは仲が良いのだから、その両親達も同じで仲が良く、色々と話は筒抜けだった。

ソフィアの両親からアエロアの両親に話が伝わり、アエロアの両親からアエロア自身に話が伝わる。それで色々と知っているらしい。

ソフィアの両親は、ソフィアが誘拐される度にいらぬ知識と度胸と根性と交渉術を育てたらしい。その為、色々なところに伝手があり、色々なところに顔が利き、色々なところに話を通せるようになっていた。両親が逞しくなってしまったのはソフィアのせいだったが、別に攫われたくて攫われていたのではないので許して欲しい。

そういえば、同じ男に二度誘拐されることはなかった。えげつない程に逞しくなったというのは、そういう感じのことだろう。

「……そうなのか。ソフィア様の両親は凄いんだね」

「凄いで片付けていいのかわからないけどねぇ……でも、今回はソフィアのせいかな」

思わぬところで自分の名が出て、ソフィアはテーブルから顔を上げた。

アエロアは、にやにやとソフィアを見る。バルテニオスもミハエルまでも驚いた顔で、ソフィアを見ている。

「え？　わ、私のせい？」

「アンタ、手紙に何を書いたの？」

アエロアに聞かれて、何を書いただろうかと、ソフィアは眉を寄せながら首を傾げた。

確か、事実を書くしかないと結論が出て、もう心の中身を暴露してしまえとばかりに書いた気がする。

最初はミハエルに裏があると思っていたとか、だけど裏なんてなくて優しいままで混乱したとか、この歳でパンツを穿かせてもらう日が来るとは思わなかったとか、ソフィアにとって驚愕と呆然と愕然の日々を書いた気がする。

夫婦の夜の話まで書いてしまって、二重線で言葉を消したところまでは覚えていた。

でも、その後はよく覚えていない。国王からの手紙のせいで、酷く混乱していたと思う。なんというか、本当に混乱していた。ペンを握ったまま混乱して、離婚しろとかいう手紙の内容に頭が真っ白になっていたと思う。

何をしたか何を言ったか、よく思い出せないのは、混乱し過ぎて脳味噌《のうみそ》パーン状態だったからだろう。

ただ、何か書いたかもしれない。最後の余白に、混乱のまま自動書記しちゃったような気がする。それを慌てて封筒に入れ、使いに渡したのは覚えていた。

「家のことより、国王からの手紙の方が重大だと思って……書き直す暇とかないと思っていたから……」

はっきり言えば、書き直すということすら考えつかないぐらい混乱していたと思う。

兎に角、書いた手紙を両親に届け、一つでも不安の元を減らしたいと思っていた。

自分は何を書いたのだろうか。それが原因でこんな遠くまで母が来たというのなら、どんなことを書いたのか凄く気になる。

首を傾げたままアエロアを見れば、これ見よがしに溜め息を吐かれた。

「支離滅裂《しりめつれつ》なダイイングメッセージばりの手紙だったらしいねぇ」

「え？」

思わず、ソフィアとミハエルとバルテニオスの声が重なる。支離滅裂なのはわかるが、ダイイングメッセージというのは穏やかじゃない。

「国王が、とか。ミハエルと一緒にいたい、とか。帰りたくない、とか。攫われた時ですら冷静な手紙を寄越したソフィアがって、アンタの家は大騒ぎだったらしいわよ」

「……………」

得意げに言うアエロアの言葉に、ソフィアは固まった。

じわじわと、顔が赤くなるのがわかる。それはもう、じわじわと赤くなる。顔だけではなく、首も腕も全身が赤く染まっていくのがわかるぐらい、ソフィアは固まっていた。

なんだ、ソレは。恥ずかしいというか、情けないというか、なんというか。馬鹿じゃないだろうかと、自分を責めたくなる。

「ソフィア！　そんなに僕のことを思っていてくれたんだね！」

「ソフィア様っ！　ミハエルから奥方は表情筋が死んでるだけで感情豊かだとは聞いていたんだが本当だったんだね！」

しかし、ミハエルとバルテニオスは感極まった感じで、真っ赤に染まりきったソフィアを見つめてきた。

止めて欲しい。そんな目で見ないでくれ。素直に感動したと、純粋でキラキラした目で見るのは止めてくれ。

「それで国王を脅し……平和的に話し合いをする為に、アンタの家族総出で国王の弱み、じゃなくて優位に話を進めるように先手打ったって感じらしいねぇ」

ソフィアの両親だけじゃなく兄達も頑張ったらしいと、アエロアは楽しそうに笑って言った。

バルテニオスが、国王を脅す為に弱みを握ったのかと呟いているが、物凄く良い笑顔なので気にしない。アエロアが、そのうちに国王変わるかもねぇとか言っているが、なんとなく怖い気がするので気にしない。

「材料は揃っているからって、ソフィアの父親が国王に直談判《じかだんぱん》に行って。ダイイングメッセージが真実なのか、母親が代表で確かめに来た、って感じかな」

「ダイイングメッセージって……何を書いたのか覚えてないもの」

「攫われても乱暴されても、どうでもいいって諦めてたソフィアから凄い手紙が来たんだけど！　って、ソフィアのお母さんびっくりしてたのにねぇ」

呑気な感じでアエロアはハーブティーを飲み、ソフィアを見てにしゃりと笑った。

アエロアの含みのある笑みはどうかと思うけど、それならば仕方がないのかもしれない。覚えていないがダイイングメッセージのような手紙が来れば、驚いて確認しに来るぐらいは普通なのかもしれない。

「アンタの家族総出で遊びに来るって言ってたわ。凄い良い笑顔で帰っていったから、覚悟しておいた方がいいんじゃないかな？」

「……」

にしゃりと笑った意味がわかって、ソフィアは笑いを浮かべ続けるアエロアを睨み付けた。

なんと言うか。なんて言ったらいいのか。今まで全てを諦めぼんやりと過ごしていた男嫌いが、ラブラブで笑っちゃうぐらいの新婚夫婦をやっていると知ったら、両親兄弟姉妹はなんて思うだろうか。

笑われるのならいい。でも、喜びで泣かれたら堪《たま》らない。主に、恥ずかしくて死ねるかもしれないと思い、ソフィアは何も言えなかった。

「じゃあ、ご馳走を作らないとね！　今から狩りに行こうか！　バルテニオス！」

「そうだね！　ミハエルの平和を守ってくれた方々だ！　俺の弓を唸らせよう！」

しかし、ソフィアの機微は、お坊ちゃま二人にはわかってもらえない。

ミハエルとバルテニオスは、ソフィアの家族が来るならと、明後日《あさって》の方向に張り切っている。

「うんうん。嬉しいのはわかるんだけど、今から狩りに行ったら保存肉になっちゃうから、ちゃんとソフィアの家族が来る前に行ってねぇ。むしろ、今、夜だから」

アエロアの突っ込みも冴え渡り、ようやく日常が帰って来るのだとソフィアは溜め息を吐いた。

嬉しいんだか、恥ずかしいんだか、面倒なんだか、ちょっとわからない。でも、この城での結婚生活を、日常と思っている自分に苦笑する。異次元だとか異世界だとか、摩訶不思議な状況だと思っていたのに、慣れたもんだと肩の力を抜いた。

だけど、これで安心だろう。もう、帰って来いと言われることもない。離婚しろと言われることもない。ミハエルと一緒に暮らせる。

振り返ってみれば、全てを諦め、どうでもいいと思っていた頃が恥ずかしいというか黒歴史というか情けない気がするが、それこそ諦めるしかなかった。

「それで、ソフィアのお母さんが城の使用人達や街の皆に説明しちゃって……強い嫁さんが来たって祭りになって、これでミハエル様が幸せになるって騒いでるんだよねぇ」

「……そ、そうか。そういうことだったんだね。確かに祭りにもなるか」

今日一日、嵐のような騒動を纏めたアエロアに、バルテニオスが眉尻を下げて疲れた様子でハーブティーを飲む。理由がわかって安心したのか、それとも凄い理由で疲れたのか、判断しにくい感じだった。

ただ、疲れた。それは皆、同じだろう。ハーブティーを飲んで、溜め息を吐いて、遠くを見る。ぽつりぽつりと、もうちょっと早く来て欲しかっただとか、いきなり来る前に手紙を寄越せば良かったのにとか、愚痴が口から零れてしまう。

そんな中で、ミハエルがカップを持ちながら、小さな声を出した。

「ちょっと恥ずかしいね。僕だけじゃ、ソフィアを守れないんだから」

自分のせいなのにと、暗に言うミハエルに、ソフィアが何かを言う前にバルテニオスが椅子から立ち上がる。

あまりに凄い勢いで立ち上がるから、驚いたソフィアは言おうとしていた言葉を呑み込んでしまった。

「違うよ！　ミハエル！　君はそろそろ幸せになっていい筈だ！」

「ソフィアを矯正して御《ぎょ》せたんだから、ミハエルのお陰だと思うなぁ」

バルテニオスの言葉に、アエロアも続けて言う。矯正だとか御せたとか、ちょっとどうかと思うが何も言わない。

だって、悔しいけど、アエロアの言う通りだと思う。ミハエルだから、ソフィアは助けを求めた。ミハエルと離されたくなくて、一緒にいたいと懇願《こんがん》した。

ミハエルじゃなければ、これ幸いと逃げていただろう。熊や猪が助けてくれた時のように、ラッキーとばかりに逃げていただろう。国王からのお達しならば、言い訳に使うには最上級すぎる。

そんなことを考えて、何も言わずにいれば、アエロアがカップを置いて両腕を伸ばした。

「ああ、もう、安心したら眠くなってきたねぇ～」

色々とあり過ぎたと、アエロアは笑いながら言う。実際に、色々あり過ぎてバタバタしたせいで、疲れた皆で集まってしまった。何をするでもなく、集まってこうしてハーブティーを飲んでいる。

でも、全て片付いたのだから、ゆっくりするのもいい。むしろ、ゆっくりしたい。

「外の騒ぎは他の使用人が頑張ってくれるだろうし、我々は寝てもいいんじゃないかな」

「そうだね。行こうか、ソフィア」

「そうねぇ」

バルテニオスの提案に、ミハエルがソフィアに手を差し出した。

皆、もう欠伸《あくび》を噛み殺している。何をした訳でもないのに、精神的に疲れると駄目なのかもしれない。

バルテニオスとアエロアがカップを片付けてくれると言うので、ソフィアはミハエルに抱っこされながら手を振った。

「おやすみ。アエロアにバルテニオス」

アエロアとバルテニオスが笑いながら、おやすみと返してくれる。ぼんやりと、それでも嬉しそうに言うから、ソフィアはミハエルに抱き付いた。

「どうしたの？」

寒い廊下を運ばれながら、ミハエルが問いかけてくる。背を撫でてくれるのは癖になっているのか、大きな手が気持ち良い。

「安心したら気が抜けたというか……」

「うん。そうだね。僕も気が抜けてしまったよ」

いつもより、ゆっくりと歩くミハエルに、ソフィアは口を開きかけて閉じた。

なんだろう。もやもや、する。安心したのも、気が抜けたのも本当だけど、何か違うような気がする。

「でもねぇ、なんだろう……なんて言うか……」

なんて言っていいかわからなくて、ソフィアはミハエルの肩で小さく笑った。

奪われなかったことに安心したとか、帰ることにならなくて良かったとか、速攻で子供を作る必要はなくなったとか。色々とあるのに何も出てこない。

兎に角、何か、抜けた。気が抜けたというより、魂みたいなモノが抜けてしまった。

「ん～、ちょっとバタバタしちゃったからね。疲れているんだよ」

「疲れてる……とは、ちょっと違うかな？」

ミハエルも笑っているのか、身体が少しだけ小刻みに揺れる。外の喧噪《けんそう》と靴音に混じって、扉を開く音が重なる。

柔らかく温かい空気に、ほっと身体の力が抜けた。

「ソフィア。寝る？」

「……どうしようか？」

まだ、寝たくない。寝たくないというか、眠れない気がする。

ふわふわと落ち着かない気分でソフィアが首を傾げれば、ミハエルは苦笑して頬を撫でてくれた。

「眠くないなら、蜂蜜酒があるよ」

ゆっくりとベッドの上に下ろされる。靴を脱がされ、ベッドに腰かけても床に足がつかないから、ぶらぶらさせる。

「ふふ……子供みたいだね」

「そう？　子供みたいかしら？」

何が楽しいのか、ミハエルはくすくす笑いながら、ソフィアの額にキスを落とした。擽ったい。嬉しいような恥ずかしいような、不思議な感覚に戸惑う。額だけではなく、頬や鼻の頭にもキスを落とすから、ソフィアは首を竦める。

「眠くなくてもドレスは脱いで、ガウンを羽織っておいた方がいいよ」

「そうねぇ」

爛れた一週間のせいで、ミハエルはソフィアの裸を見ても恥ずかしがらなくなった。ちょっとだけ、つまらない。あの時は恥ずかしがるミハエルに意味がわからないと思ったけど、ちゃんと抱かれた今なら恥ずかしい気持ちがわかる。

何をされるのかわかっているからだろうか。何をするのか、これからどうなるのか、わかるようになったから恥ずかしくなったのか。

ドレスを脱いでいる間に、ミハエルは立ち上がって蜂蜜酒を取りに行ってしまった。

「おつまみは……ドライフルーツとナッツでいいかな？」

「夕飯も食べたのだし、おつまみはいらないかなぁ……」

もそもそとガウンを羽織る。グラスや酒を入れてある戸棚の辺りで、ミハエルも着替えているらしい。天幕の隙間から、ちらりとミハエルの肌が見えた。

男の身体だ。しっかりと筋肉がついていて、背も高いし手足も大きい。男というだけで嫌いだったし、柔らかみのない身体は恐怖の対象でしかなかった。

何が違うんだろう。性格というか、性根というか、心が違うのか。誠実で素直で、欲を感じない。いや、自分を抱く時のミハエルは欲に濡れた目をしている。嫌いだったのに、今は、それすら嬉しいと思える。

「……ぼんやりしているね。そんなに疲れちゃった？」

「疲れてはいるんだけど……そうじゃなくって……」

「うん？」

優しく聞いてくれるミハエルに、ソフィアは首を傾げた。

蜂蜜酒とグラスに、ドライフルーツにナッツが入った小皿。盆の上に載せて、ミハエルはベッドに上がってくる。

なんとなく、ベッドの上で食べたり飲んだりするのは、悪いことをしているようで気分が高揚した。

それに気付いたのか気付いていないのか、ミハエルは苦笑しながら蜂蜜酒の入ったグラスをソフィアに渡してくれる。零さないようにグラスを受け取って、飲まずにミハエルを見ると頭を撫でてくれた。

もやもや、する。ふわふわ、する。安心して気が抜けたのに、むず痒いような感じがする。

「ああ、そうねぇ、幸せ、なんだ……わたし」

蜂蜜酒も飲んでいないのに、酔ったようにソフィアは呟いた。

へにょりと、顔が緩むのがわかる。だって、凄い。凄いことだろう。幸せなんて、望んだことなどない。幸せなんて、望めるとは思っていなかった。

男だけど、ミハエルだから安心できる。ミハエルだから、抱かれても嬉しいだけでいられる。ミハエルがいなければ、肌を合わせる喜びなんて知らなかっただろう。

そして、両親のお陰で、ミハエルと離れなくて済む。ずっと一緒にいられる。これから先、ミハエルと一緒に生きていける。

「……ん？　どうしたの？　ミハエル」

今、自分は幸せなんだと噛み締めて、ミハエルを見たら顔を赤くして口元を手で隠していた。

なんだろう。顔が赤くなるようなことを言っただろうか。恥ずかしいことも、照れさせるようなことも、言ってないような気がする。

「……狡いなぁ」

「ずるい？」

「なんで、そんなに可愛いの？　幸せだと、そんなに可愛くなっちゃうの？」

持って来たグラスと蜂蜜酒と小皿の載った盆を床に置いたミハエルが、ソフィアの手に持つグラスも取り上げた。

そっと床に置いた盆の上にグラスを戻して、ミハエルはソフィアの上に倒れ込んでくる。ミハエルの重みに潰される前に、すぐに横向きになって、強く抱き締められる。ぎゅうっと縋るみたいに抱き付いてくるから、ソフィアは首を傾げながらミハエルの背を撫でた。

「私が可愛いのは知ってるけど？」

「うん。ソフィアはいつでも可愛いんだけどね。今のは……ソフィア自身も知らないぐらい可愛いと思うよ」

なんて言うか、可愛いの種類が違う、と言いながら鼻の頭を齧るミハエルに、ソフィアは笑う。

ああ、幸せだ。もう、何も憂うことはない。ミハエルと一緒にいられる。ずっと、ずっと、一緒にいられる。

「ミハエルも可愛いわよ」

「可愛いかな？　格好良い方がいいな」

「ふふふ、ずっと可愛いと思っていた……ちょっと！　ミハエル、擽ったい！」

可愛いと言われたのが気に入らなかったのか、脇腹を擽ってくるから、ソフィアは身を捩った。

脇腹を擽りながら、ミハエルはソフィアの首筋にキスを落とす。がじがじ首を噛みながら、足の裏まで擽られた。

「ふっ、あははっ、駄目っ、降参っ！」

「降参？　もう、負けを認めちゃうの？」

「ふふふっ、だって、も、駄目っ、あはははっ」

笑い過ぎて涙が出る。腹筋も痛くなってくるし、大きな声で笑ったせいか喉まで痛い気がする。

今までソフィアは大笑いしたことなんてないから辛くて降参したのに、ミハエルは降参という言葉に目を輝かせた。

「じゃあ、やって欲しいことがあるんだけど……いいかな？」

「うんうん！　わかった！　わかったからっ！」

猛攻撃を受けて息も絶え絶えになる。笑い過ぎると死ぬかもしれない。普段は使わない腹筋がぷるぷる震えていて、ソフィアは肩で息をした。

はぁはぁと、肩を揺らしながら、ふとミハエルの言葉を思い出す。

何か言っていたような。重要なことを言われたような。なんとなくまずい気がして、ミハエルを見る。

「……やって、欲しい、こと？」

「うん」

「………………」

そんなに晴れやかに嬉しそうに可愛い顔で無邪気に言われてしまえば、ソフィアには嫌だと言う選択肢はなかった。

基本、ミハエルはソフィアに甘い。ベッタベタに甘い。甘やかされて優しくされていると思う。

「ふふ……可愛いなぁ、凄い、可愛いなぁ」

「……う、嬉しくないっ……」

しかし、甘くて優しいからといって、方向性が変わると厄介だった。

ベッドの上では、それが身に染みてわかる。甘くて優しいからこそ、ソフィアがどんなに懇願しても溶けるまで入れてくれない。いっそ、もう終わりにしてくれないかと思う時もあるのだが、それを言ったら本当に終わりにされそうな気がした。

それは、男としてどうだろうか。自分だって勃《た》っているのに、止めてと言われて止められるのは凄いというより仙人か何かだろう。でも、きっと、苦笑しながらも止めてくれるのがミハエルだと、ソフィアは知っていた。

なので、今回も散々弄られて溶かされて、とろとろになった状態でお願いを持ち出される。仰向けに寝たミハエルの腰を跨《また》いで、ソフィアは涙目になっていた。

自分で入れて、自分で動いて、と。そうミハエルに言われて、もう一度言ってくれと言いそうになる。

どれだけソフィアが可愛いか。どれだけソフィアを愛でたいと思っているか。切々と訴えられながらも、ソフィアはマジで耳を疑った。

コレは、アレか。辱めだろうか。新手のプレイというヤツか。言葉責めというヤツなのだろうか。

だが、恐ろしいことに、ミハエルは真剣だった。ソフィアの可愛いところが見たいと、本気で誠実に純粋に言っていた。

「あぅっ、ううぅっっ……」

「可愛いね。涙目だ。ぬるぬるだから、滑っちゃうのかな?」

うっとりと幸せそうに言うミハエルは、じっとソフィアを見つめている。手は腰に添えられたままで、手伝ってくれそうな雰囲気はない。

なんだろう。コレは楽しいのか。何が楽しいのかわからないけど、きっと楽しいのだろう。だって、ミハエルの目が輝いている。場違いなぐらいに純粋に、ソフィアが可愛いと目が言っていた。

「ほら、自分で支えないと……入らないよ?」

「さ、触るの、怖いっ……」

実は、ミハエルの性器を見るのも怖い。それに触れるなんて、そんなことはできない。

男の象徴は嫌いだ。そう、嫌いだった。醜悪でグロテスクで不気味で異様なモノだと思っていたから、可愛いと思うミハエルを同じような目で見たくない。

「怖いの？」

「ん、怖い……」

「だから、目を瞑《つぶ》ってるの？」

「ん、怖い、から……」

ミハエルの片方の手が腰から離れて、ソフィアの指に絡まった。

そっと、優しく握られる。怖くて目を開けられないから、余計に指の感触を鮮明に感じる。

「いいよ。目を瞑ったままで……ほら、これ、ね？」

びくりと、ソフィアは指を跳ねさせた。

熱い。酷く、熱い。びくびくと震えているようで、何か違う生き物のような気さえする。

「支えて、そう……そのまま、腰を落として……」

「あ、ミハエル、みはえ、る……」

蜜口に当たった熱いモノに腰が跳ね、ソフィアは思わず目を開けてしまった。

視界にミハエルの性器が飛び込んでくる。同じだ。同じだけど、気持ち悪くない。醜悪でグロテスクだと思っていたけど、そこまで嫌悪感はなかった。

でも、無理だろう。無理に決まっている。

「うん？」

「お、おっきぃ……こんなの、はいんない……」

「入るよ？　いつも入ってるよ？」

こんな大きなモノが入っていたのかと、ソフィアは喉を鳴らした。

確かに、腹の中がいっぱいになったような気がする。奥の奥まで届いていたことを思い出してしまう。

とろりと、ソフィアは溶けて濡れた。

「うそ、うそ、うそつきっ」

怖いのに、視線を外せない。怖いから、視線を外せない。つるりとした肉。赤黒くてグロテスクだと思うのに、それよりもソレが中に入ったことが信じられない。

ふるふると頭を振ったソフィアに、ミハエルは困ったように笑った。

「ソフィア……ほら……」

「あ、あっ、だめ、だめっ、はいっちゃ、う……」

「うん。入っちゃう、ね……可愛いなぁ……」

片手だけしか腰に添えられてないのに、ゆっくり腰を落とされる。ゆっくり、じわじわと、熱いミハエルがソフィアの中に入ってくる。

ぞくぞく、する。だって、知っている。これを、これが、気持ち良くしてくれるのを、身体が覚えていた。

中が、開かれる。ミハエルの形になった中が、開かれて呑み込んでいく。

「み、みはえるっ……ああっ、あっ、うそっ、はいっちゃうっ」

「気持ちイイ？　可愛い顔になってる」

「やだ、だめ、うそっ……はいっちゃ、あ、あっ！」

「……ああ、ほら、入っちゃった」

トンと、最奥を突かれて、ソフィアはミハエルを食い締めた。

気持ちイイ。入れられただけで気持ちイイ。あんなに大きいモノが入ったのに、気持ちイイと感じる。

ぞわぞわと快楽が広がって、ひくひく尻尾が揺れた。

「可愛いなぁ……ね？　ちゃんと背筋を伸ばして、ソフィアを見せて」

「むちゃ、いわないでっ……んぅっ、んんっ」

背筋を伸ばそうとすると少し後ろに傾くから、腹の方を擦られて腰が揺れる。文句を言うように尻尾でミハエルの足を叩いて、震える身体を必死で伸ばした。

「こ、これで、いい？」

「うん。ソフィアの中、凄い気持ちいい……」

にこにこ嬉しそうにミハエルは笑っているけど、濃い蜂蜜色の瞳が蕩《とろ》けている。じっと、見つめてくる視線が痛くて、少し動いたら止まらなくなってしまった。

「あ、あっ、ミハエルっ……」

ゆらゆらと、揺れる。前後に、擦り付けるように、自分のイイ所に当たるように腰を揺らす。

はしたない。恥ずかしい。だけど、ミハエルが耐えるみたいに喉を鳴らすから、ソフィアはゆっくり腰を持ち上げた。

「やだっ、だめっ、だめっ……」

「うん。何が、駄目？　こんなに可愛いのに……」

どうしよう。気持ち良い。止まらない。止められない。

ゆっくりと腰を持ち上げて、ゆっくりと腰を落とす。最初は自分で動くのは怖かったのに、気持ち良くて止められなくなった。

「んぅっっ、あ、あっ、あっ」

「尻尾も膨らんで、耳も立ってるね……ふわふわの髪も揺れて可愛い」

ミハエルに見られている。全部、見られている。なのに、ソフィアは腰を揺らす。ミハエルの腹に手を置き、はしたなく腰を動かした。

これは、駄目だ。馬鹿になる。頭の中が溶けて、とろとろと零れ落ちてしまう。

「ね、ソフィア……どこを触って欲しい？」

「あぅっ、あ、さわる、の？　んんっ」

「うん。尻尾？　耳？　それとも……ここ、かな？」

ゆるりと動いたミハエルの手を目で追って、ソフィアは怯えたように動きを止めた。

悪戯するように陰毛を撫で、割れ目に指を這わせていく。硬い指の腹が突起を捕らえ、蜜液を塗り込めるみたいに撫でる。

「ここ、好きだよね？」

「ひぁうっっ⁉　だっ、めっ、そこっ、やだぁあっっ」

「……あっ、きゅうって、凄い、ね？」

ぴしゃりと、蜜液が噴き出し、ミハエルの手を濡らした。

突起を弄られると腰が震える。爪先で引っ掻くみたいに弄るから、腰が跳ねて中まで弄られることになる。

さっきまで、温い快楽に浸っていたのに酷いと、ソフィアが涙目でミハエルを見れば、欲に濡れた瞳とぶつかった。

「……可愛い。ソフィア、可愛い。お口、開いちゃってる」

「んぅっ、あぅっ、ゆ、ゆび、んんっっ」

突起を苛める手とは反対の手が、ソフィアの口の中に入ってくる。親指が歯列を撫で、舌を擽るみたいに撫でる。

口の端から唾液が零れて、ソフィアは必死でミハエルの指を舐めた。

「よだれ垂らして、可愛いなぁ……」

「ふぅっ、んっ、かわいく、なっ、やらぁっ」

「可愛いよ。凄い可愛い……」

もう、無理矢理子供を作らなくていい。なのに、気持ち良くて止められない。ミハエルを奥まで入れたまま腰を揺すって、軽く達してしまう。

腹の中が、きゅうっとミハエルを食い締めて、ソフィアはふるりと震えた。

「あっ、もぉ、らめ、んっ、だめぇっ」

「イっちゃったの？　でも腰動いてるね……気持ち良いのかな？」

「んんっ、いい、いいからっ、みはえぅ、して、いっぱい、してっ」

達したせいか、足がいうことを聞いてくれない。ゆっくり中を擦られるのが好きなのに、自分で身体を持ち上げられない。

もどかしくて、疼く。熱くて熱くて、頭が馬鹿になる。

「うん。可愛いなぁ。青い目が溶けて美味しそうだし、全部ピンクだし」

「きもち、いっ……うごいてっ、こすって、してよぉ」

「飛んじゃって、可愛い……いっぱい、してあげるね」

突起を弄りながら腰を突き上げるから、ソフィアはミハエルの上で身をくねらせた。

もう、何も考えられない。ただ、快楽を貪るしかない。

それでも、どこか遠くでミハエルの声は聞こえる。可愛い可愛いと繰り返す声に、ソフィアはミハエルの方が可愛いのにとぼんやり思った。

でも、可愛いけど、口に出しちゃいけない。

ミハエルの前で、ミハエルが可愛いと言ってはいけない。

そう心に刻んだソフィアは、ミハエルの親指をちゅっと吸った。

エピローグ　素敵なママになりました。

世界は広く、一つではない。

そう、忌々《いまいま》しげに教えてくれたのは誰だっただろうか。

人の住む世界、獣の住む世界に、妖精の住む世界。魔の世界や、竜の世界などもあると、吐き捨てるように言われた声を覚えている。

ミハエルは、人の世界に生まれ落ちた。

人の世界の中では、大きくもなく小さくもない国。人の世界を統べるほどではなく、片隅に埋もれてしまうほど狭い国でもない。そんな人の世界にある一つの国に生まれた。

権力者らしい国王に、美しく派手な王妃。国王はハーレムを持ち、王妃はパーティーに明け暮れる。制圧した国の美姫を攫っては妾に据え、屈強な戦士は奴隷という名を与えられ王妃に傅く。

国王と四番目の妾との間に生まれたミハエルは、その国の王子になる筈だった。

白い肌は柔らかく、妾に似ている。漆黒の髪は少し癖があるのか、伸ばせば妾と同じ緩やかな巻き髪になるのだろう。

ようやく生まれた、待望の王子。

国王になるべく育てられ、期待と羨望を背負い華々しい人生を送る。

でも、瞳が全てを台無しにした。

蜂蜜よりも濃い金茶に臙脂《えんじ》色の瞳孔は、人の世界にはない色だと皆が知っている。むずかり泣き喚く時や興奮した時に、きゅっと縦になる瞳孔も、人の世界ではあり得なかった。

獣の国との混血か。竜の国との混血か。人と人の間には生まれない子は、四番目の妾が浮気した証拠だ。

多分、すぐに気付いていれば、ミハエルはこの世にいなかっただろう。

ミハエルが大人しく穏やかな赤ん坊だったのも、生き延びる運があったと言える。暗がりで見れば金茶の瞳も臙脂の瞳孔も気にならず、白い肌と黒い髪が目立つ。母である四番目の妾は体調を崩し、赤ん坊であるミハエルを腕から離さなかったせいで、薄暗い寝室だけで過ごしていた。

男の子が生まれた、と国中にお触れを出し、寝込んでいる四番目の妾とミハエルが参加しないパーティーが開かれ、周りの国にも王子誕生と知らせてしまう。必要なのは跡継ぎで、四番目の妾の体調も王子が誰であろうが関心はない。

薄暗い寝室で、ミハエルは母の声を聞く。世話をしてくれる使用人は、この国に滅ぼされた母の生家の者で、誰も母を咎《とが》めないし責めもしない。

気付いた時には、どうしようもなかった。

国王の子ではない。浮気なのか。制圧されハーレムに入れられる前の話なのか。全てを知っている四番目の妾は眠るように亡くなり、ミハエルは三歳になっていた。

国王に気付かれ、隔離されたミハエルを不思議に思う者はいない。元より寝室から出ずに生きてきたから、病弱だったと嘘臭い理由を言われなくとも皆は納得する。

次に生まれてくる王子のスペア。次に生まれてきた王子が無事に育つまで隔離された。

豪華な大広間や居住区である城の両脇に聳《そび》え立つのは、高い高い塔。

見張り台や捕虜を捕らえておく牢屋のある主塔ベルクフリートは、外から梯子《はしご》をかけなければ中から出ることもできない。

寝室よりも寒く薄暗い主塔の天辺に、ミハエルは幽閉された。

それでも母の傍にいた使用人達と過ごし、ミハエルは人の子よりも早く成長する。怪我もなく、病にも倒れず、美しく育つ。国王の血を引く次の王子が十歳になった時、ミハエルは主塔からも城からも王族からも追放された。

国の外れにある小さな街。

元々は国境を見張る為の城で、戦いが始まれば前線となる地だ。

今でこそ戦いは落ち着いて平和になっているが、多くの血が流れた戦場でもある。王の住む城まで馬車で一週間はかかり、大きな街まで出るにも三日はかかるだろう。傷付いた戦士や傭兵が民である街は、厄介払いに丁度良かったのかもしれない。

それでも初めて外の世界に出たミハエルは、良き城主となるべく奔走した。使用人ではあるが乳兄弟であるバルテニオスも、母の使用人達も、ミハエルがどこに行こうともついていくと言ってくれた。

「……新しい国王が挨拶に来るって、本当なの？」

「そうみたいだね。政権交代は思ったより簡単に済んだみたいだし……」

ソフィアが怯えたように言えば、ミハエルが苦笑する。何度も何度も同じ質問をするソフィアに、城の使用人達ですら困り顔で頷いている。

しかし、バルテニオスは、当然の待遇だと言った。

本来ならば次期国王だったんだからと、ぷりぷり怒っているのは城でのミハエルを知っているからだろう。新しい国王が挨拶に来るぐらい当然だと、怯えるソフィアにバルテニオスが怒りながら教えてくれる。

アエロアは、ソフィアがもっと怯えるようなことを言った。

挨拶ぐらいで済んで良かったと、ソフィアに言う。うっかり次期国王にさせられたらソフィアは王妃様だからねぇと、どうしていいかわからないことを言う。

「……も、もう、大丈夫なのよね？　離婚させられたりしないわよね？」

「大丈夫だよ、ソフィア。そんなことにはならないから。何かあるのなら、今度こそ僕が君を守るよ」

過酷な生まれであるミハエルと、過酷な運命を背負ったソフィアだったが、世の中は意外と優しくできていた。

大広間には、新しい国王を迎える準備ができている。テーブルには豪華な食事が並んでいるが、ほとんどがミハエルが作っていた。

元々、炊事洗濯掃除に編み物と、何でもできたミハエルだったが、最近はパワーアップしている。なにせ、パワーアップする原動力がある。ちなみに、ソフィアはさらに何もできなくなっていた。

「ほら、ソフィア。母親がそんな顔をしていたら子供が不安になっちゃうよ？」

「……中身は私に似てるのよ。肝が据わった子だから大丈夫」

ソフィアの腕に抱かれている我が子は、我関せずとすやすや寝ている。急いで子を作る必要がなくなったと思ったら、ソフィアはすでに妊娠していた。

しかも、ソフィアの意地なのかミハエルそっくりの男の子だ。

それはもうミハエルそっくりで、子を抱いて街に行けば、傭兵や元戦士達がこぞって群がる。屈強な戦士に育ててやると、この子の為にも強く負けない良い街にならねばと、不思議な方向から街が栄えている。そのせいか、街の女達からは次は女の子がいいと言われていた。

使用人達も、ミハエルの小さい版の子供にメロメロになっている。追放されたとはいえ、王族としての気品も教え込まなければと、でれでれしながら英才教育の教材を持っていた。

「国王がお着きになられました！」

「うん。じゃぁ、僕達は迎えに行こうか。ソフィア」

「……抱っこは駄目よ？　今日ばかりは絶対に駄目よ？」

ソフィアの魅惑というか魅了というか魅力は、ミハエルの妻になったことで相殺《そうさい》されている。普通に結婚したのならば、妻になろうがソフィアは誘拐されたり誘われたりしただろう。

でも、街の皆も使用人達も知っている。ミハエルがどれだけ苦労してきたのか、どれだけ素直で正直で真面目な男なのか。知っているから本気でソフィアを攫うような真似はしない。

しかも、ソフィア自身が、ミハエルにメロメロだった。

背も高く立派な体軀をしている男だというのに、ことあるごとに『ミハエル可愛い』と呟くソフィアに懸想《けそう》などできない。そういうつもりで近付く男がいても、ミハエルの可愛さ百選とか語り出しちゃうので安全だった。

退廃的《たいはいてき》な雰囲気は消えたが、目がハート形になっているのではないかと心配するレベルだ。今まで男に攫われ続けたソフィアには、恋人の何たるかとか、夫婦の何たるかなんてわからないから、常識が書き換えられているとアエロアも心配している。

「うーん。腕が軽いのは……寂しいね」

「そりゃぁ、私と子供をいつも抱っこしてるからでしょう」

今までの零れ落ちた運を回収するように、ミハエルとソフィアは幸せだった。

あとがき

初めまして、永谷圓《ながたにえん》さくらです。

このたびは拙作『王子様は、にゃんこ姫に夢中すぎっ！ 政略結婚のハズが甘いちゃ新婚生活でした。』をお手に取っていただき、ありがとうございました。

今回の話は、なんちゃってファンタジーです。

中世っぽい〝人の世界〟と、猫耳尻尾の〝獣の世界〟です。

しかし、設定は生かされておりません。ミハエルとソフィアの擦れ違い勘違いラブラブイチャイチャコメディでございます。唯一、「猫耳尻尾！ 猫耳尻尾！ エロりもあるよ！」だけが生かされております。個人的趣味でございます。

なんとなくおわかりの方もいらっしゃるかな？ かな？ って感じですが、前の『国王陛下をたぶらかすつもりが（処女バレして）てのひらで転がされました。』と世界観だけ繋がっております。

あっちは〝人の世界〟と〝魔の世界〟です。今回と同じく残念ファンタジー世界観なのですが、宜しければ「ファンタジーに謝ろうか？ ほのぼの監禁AVだよね？」って感じで見ていただけると嬉しいです。

あ、一応、合い言葉「はー○○○ろ○んす」は変わりません。い、一応。


そして、色々な方に感謝を。

担当さまには本当にお世話になりました。

イラストをつけてくださった、SHABON《シャボン》さま。本当にありがとうございます。

可愛いミハエルに「はにかみ笑顔ーっ！」と、ソフィアの語りを聞けそうな気がしました。ツンデレというよりは、無気力系可愛いソフィアを再現していただき大喜びです！

この子が「ミハエル可愛い」と真顔で語れば、ミハエルだって「ソフィアの方が可愛い！」と叫びたくなるってもんです！


相談に乗ってくれた山ちゃんも本当にありがとう。

「修羅場《しゅらば》終わったねカロリー高いの食うぞ！」と出かけたのに、アッサリなんだかコッテリなんだかわからないのを食べてカラオケで発散したのは忘れないよ！

しのちゃんもありがとう！

修羅場中に私が「神様が降臨してくれれば！」と言っていたせいで、神様が降臨する踊りだとか三点倒立だとか祈りだとかを捧げてくれた妹ですが……最近は応援することすら面倒になってきたのか「トマト食べたから大丈夫だよ！」と、訳のわからないことを言い出しやがりました……そりゃあ、妹はトマト大好き三食トマトで大丈夫！ だけど、私には通用しないと思うの……。

それでは。こんなところまで読んでくださった皆様。ありがとうございます。

少しでも楽しんで頂ければ幸いです。

ジュエル文庫をお買い上げいただき、ありがとうございます!
ご意見・ご感想をお待ちしております。

ファンレターの宛先
〒102-8584 東京都千代田区富士見1-8-19
株式会社 KADOKAWA アスキー・メディアワークス ジュエル文庫編集部
「永谷圓さくら先生」「SHABON先生」係

ジュエル文庫
http://jewelbooks.jp/

王子《おうじ》様《さま》は、にゃんこ姫《ひめ》に夢《む》中《ちゅう》すぎっ!
政略結婚《せいりゃくけっこん》のハズが甘《あま》いちゃ新婚生活《しんこんせいかつ》でした。

2016年9月1日　初版発行

著者　永谷圓さくら

イラスト　SHABON

発行者 ―――― 塚田正晃
発行 ―――― 株式会社 KADOKAWA
〒102-8177 東京都千代田区富士見2-13-3
プロデュース ―― アスキー・メディアワークス
〒102-8584 東京都千代田区富士見1-8-19
03-5216-8377(編集)
03-3238-1854(営業)
装丁 ―――― Office Spine
印刷・製本 ―― 株式会社暁印刷

小社ホームページ http://www.kadokawa.co.jp/

Printed in Japan
ISBN 978-4-04-865910-9 C0193

ジュエル文庫
永谷圓さくら
Illustrator
成瀬山吹
国王陛下をたぶらかすつもりが処女バレしててのひらで転がされました。
ケンカップルっぽい新婚バカップル♥
敵だった人間界の王に嫁いだニコラ。私は魔王の娘！
最強の美貌と色気！　人間の王なんてオトすの楽勝！
メロメロにしようと夜這いをかけたら――逆に大人のテクですっごい感じさせられ!?
お子さま扱いするなんて、いじわる！　だけど体格差も心の余裕差もありすぎ！
結局、オトナな旦那さまの、てのひらの上で、甘やかされ奥様生活にどっぷり浸ることに♥

大好評発売中

ジュエル文庫
魔公爵さまっ、奥さまを甘やかし過ぎです！
若月京子
Illustrator SHABON
強引&絶倫な旦那さまとのエロ甘♥新婚ラブコメ
公爵様から、いきなりプロポーズ!?　1週間後に結婚式って強引すぎます！
お屋敷中で、夜も昼も繰り広げられる甘～くそしてちょっといじわるなH♥
そんな溺愛されまくる日々に突然の危機が！　夫に不審な動きアリ！　まさかの浮気？
……と思いきや、夫の正体は子どもの頃、出逢った悪魔!?
何年もずっと私だけに恋していたなんて！
大好評発売中

ジュエル文庫
お試し結婚だったハズですがっ!?
社長がダンナになったら意外と肉食だった件
草野 來
Illustrator 弓槻みあ
甘さも、Hさもぎゅ〜っと濃度凝縮♥新妻溺愛ノベル
「1ヶ月間、結婚生活とやらをやってみない?」
取引先の社長に誘われたお試し新婚生活。夜ごとじっくり施される愛撫。
甘くて絶倫なHは、ソファやお風呂でまで♥　全てを許してくれる包容力♥
お試し期限は迫っているけど離れたくない!
告白を決意した途端、本命っぽい女性が現れ!?
ショックで逃げ出そうとした私だけど追ってきた彼は本物のプロポーズを!

大好評発売中